FABLES
DE FÉNELON

NOUVELLE ÉDITION

CLASSÉE DANS UN NOUVEL ORDRE,

AVEC DES NOTES

M. L. C. MICHEL

Ancien professeur de Rhétorique

PARIS,

DEZOBRY, E. MAGDELEINE ET Cie, LIBR.-EDIT.

1, RUE DES MAÇONS-SORBONNE.

FABLES
DE FÉNELON.

HISTOIRE SAINTE ABRÉGÉE, à l'usage des écoles primaires, des classes élémentaires des collèges, des séminaires et des institutions et pensions de garçons et de jeunes personnes, etc. par M. *Edom*, inspecteur de l'académie de Caen; ouvrage approuvé par NN. SS. les évêques de Bayeux, de Coutances, de Séez, et par le Conseil royal de l'Instruction publique, 1 vol. in-18. Prix, cart................ » 75

Cette histoire comprend celle de la Palestine jusqu'à nos jours.

Voici en quels termes M. l'abbé Daniel, recteur de l'Académie de Caen, a apprécié l'Histoire sainte de M. Edom, dans la Revue de Caen : « Nous avons lu la plupart des abrégés de l'histoire de l'ancien et du nouveau Testament; nous n'en avons pas trouvé qui nous ait autant satisfait que celui que nous annonçons, ni qui soit aussi propre à faire aimer cette merveilleuse et divine histoire, et à en populariser la connaissance. Les *directeurs des écoles normales*, les *instituteurs* et les *institutrices* ne sauraient mieux faire que de mettre cet excellent livre entre les mains de leurs élèves, et de s'appliquer à le leur rendre familier. »

Nous n'avons rien à ajouter aux paroles d'un homme si bon juge en ces matières.

ABRÉGÉ DE GÉOGRAPHIE MODERNE, à l'usage des écoles primaires, etc., par MM. A. *Magin*, recteur de l'Académie de Nancy, et Ch. *Barberet*, professeur d'histoire et de géographie au collége royal Louis-le-Grand, à Paris. 1 vol. in-18. Prix, cart... » 80

PETIT ABRÉGÉ DE GÉOGRAPHIE MODERNE, ou premiers éléments de la géographie, par les mêmes. 1 vol. in-18. Prix, cart..................... » 60

ATLAS ÉLÉMENTAIRE DE GÉOGRAPHIE MODERNE, par M. Ch. *Barberet*, professeur d'histoire et de géographie au collége royal Louis-le-Grand, à Paris. 9 cartes gravées sur acier et coloriées, sur 1/4 de jésus. 1 vol. grand in-8°. Prix, cart.... 2 »

COURS ÉLÉMENTAIRE DE COSMOGRAPHIE, particulièrement destiné à l'enseignement dans les institutions et pensions de demoiselles, dans les écoles primaires supérieures, et les classes de français des colléges, par M. *Dumouchel*, inspecteur-adjoint de l'instruction primaire du département de la Seine. 1 vol. in 18. Prix. br................ 1 »

FABLES
DE FÉNELON,

NOUVELLE ÉDITION,

CLASSÉE DANS UN NOUVEL ORDRE
ET ANNOTÉE,

PAR M. L. C. MICHEL,

ANCIEN PROFESSEUR DE RHÉTORIQUE.

PARIS,

DEZOBRY, E. MAGDELEINE ET Cie, LIB.-ÉDIT.,

RUE DES MAÇONS-SORBONNE, 1.

—

1843

1844

Toutes nos éditions sont revêtues de notre griffe.

Imprimerie Ducessois, 55, quai des Augustins

AVERTISSEMENT

SUR CETTE NOUVELLE ÉDITION.

En offrant aux écoles une nouvelle édition des *Fables de Fénelon*, nous devons exposer en quoi cette édition diffère des précédentes, et quels sont les motifs qui nous ont fait juger que celles qui ont précédé la nôtre ne répondaient ni à l'esprit qui dirigeait l'auteur de ces *Fables* quand il les a écrites, ni aux vues que se proposait le Conseil royal de l'Université quand il en a prescrit l'adoption.

Les fables composées par Fénelon pour l'éducation du duc de Bourgogne [1] n'ont été ni mises en ordre, ni publiées par leur illustre auteur ; ce ne fut qu'après sa mort que le marquis de Fénelon, son neveu, et M. de Ramsay, son ami, recueillirent avec un soin pieux ces compositions éparses, et en donnèrent, en 1718, la première édition authentique, collationnée sur les manuscrits de l'auteur. Les nombreuses éditions qui ont été publiées depuis, ont, tantôt, reproduit la première pour l'ordre et la disposition des fables, tantôt s'en sont écartées ; l'ordre des pièces y est bouleversé sans qu'on puisse pénétrer les motifs de ces changements. Ce n'est pas tout : des fautes, des mutilations dues à l'incurie, à l'ignorance, et même, le croirait-on, à la prétention de rectifier le goût et le style de Fénelon, y défigurent fréquemment le texte. C'est cependant sur ces éditions imparfaites qu'ont été servilement calquées la plupart des éditions destinées à l'enfance, et celles auxquelles a donné lieu la décision du Conseil royal de l'Université,

[1] LOUIS DE FRANCE, *duc de Bourgogne*, petit-fils de Louis XIV. Il naquit à Versailles le 6 août 1682, et mourut à 29 ans et demi.

qui prescrit ces fables pour les classes élémentaires. Non-seulement elles conservent en quelque sorte le pêle-mêle des morceaux, mais elles en reproduisent souvent les altérations les plus grossières.

Quelques éditeurs classiques ont voulu remédier à cette confusion en adoptant une classification en apparence plus rationnelle ; mais oubliant sans doute l'âge des écoliers auxquels ces fables étaient destinées, ils ont eu l'idée d'établir cette classification sur une distinction littéraire d'espèces et de genres, formant ainsi une division pour les *Fables* proprement dites, une autre pour les *Contes de Fées*, une troisième pour les *Contes mythologiques*, etc., comme si des enfants de huit à dix ans avaient affaire de ces distinctions, dont l'utilité serait contestable même pour des élèves de rhétorique. Nous doutons que ce soit une heureuse innovation, car ce plan a l'inconvénient d'introduire de la monotonie dans le livre qui en paraissait le plus à l'abri, et surtout d'aller directement contre les vues du Conseil royal, lequel sans doute se proposait moins d'initier les élèves de septième aux classifications littéraires, que d'exercer *graduellement* leur intelligence et leur raison par ces compositions, où Fénelon suivait, pour ainsi dire, pas à pas, dans le choix des sujets et la portée de son style, le développement moral et intellectuel de son jeune élève.

Pour retrouver l'esprit de cet habile instituteur et reproduire l'ordre qu'il eût adopté lui-même, il suffisait de jeter les yeux sur le passage suivant de l'histoire de l'archevêque de Cambrai. Voici comment l'auteur de cette histoire, M. de Bausset, qui, au jugement d'un des plus habiles critiques de notre époque [1], « a conservé dans la candeur noble et touchante de sa narration quelque chose du goût et du style de Fénelon, » ex-

[1] M. VILLEMAIN, *Discours et Mélanges littéraires*, Notice sur Fénelon.

plique dans quel but et de quelle manière le précepteur du duc de Bourgogne composa ces *Fables*, et révèle quel parti on peut en tirer aujourd'hui pour l'éducation.

« Si l'on veut connaître la méthode de Fénelon et « suivre l'éducation de son élève, on n'a qu'à lire les « *Fables* et les *Dialogues* qu'il écrivit pour le jeune « prince. Chacune de ces fables, chacun de ces dialo- « gues, fut composé dans le moment même où l'insti- « tuteur le jugeait utile ou nécessaire, pour rappeler à « l'élève la faute qu'il venait de commettre, et lui in- « culquer, d'une manière plus sensible et plus précise, « la leçon qui devait l'instruire.

« *On a imprimé ces fables et ces dialogues sans y ob-* « *server un ordre et une suite dont un pareil recueil n'a-* « *vait en effet aucun besoin.* Fénelon ne les composait, « comme on l'a déjà dit, que pour la circonstance et « pour le moment; *mais il serait facile d'en suivre,* « *pour ainsi dire, la chronologie, en les comparant au* « *progrès que l'âge et l'instruction devaient amener dans* « *l'éducation du duc de Bourgogne. On observera que* « *ces fables et ces dialogues ne conviennent qu'à un* « *prince, et à un prince destiné à régner.* Tout se rap- « porte à cet objet presque exclusif; tout se rallie à ce « grand intérêt auquel tant d'autres intérêts venaient « se réunir. On voit, par la simplicité, la précision et « la clarté de quelques-unes de ces fables, qui furent « probablement écrites les premières, qu'elles s'adres- « sent à un enfant dont il fallait éviter de fatiguer l'in- « telligence, et à l'esprit duquel on ne pouvait présen- « ter que ce qu'il pouvait saisir et conserver.

« Ces fables prennent ensuite un caractère un peu « plus élevé; elles renferment quelques allusions à « l'histoire et à la mythologie, à mesure que les progrès « de l'instruction mettaient le jeune prince à portée de « les saisir et de s'en faire l'application : c'est ainsi que « Fénelon le familiarisait peu à peu avec cette ingé- « nieuse féerie, que les poëtes de l'antiquité avaient

« créée pour embellir des couleurs brillantes de leur
« imagination les premiers événements du monde, et
« pour suppléer aux faits que la révélation ne leur avait
« point appris sur la véritable origine des choses.

« Le style de ces fables a toujours une élégance na-
« turelle, qui flatte agréablement l'oreille d'un enfant
« né avec du goût, et qui contribue à lui donner de
« bonne heure le sentiment de la convenance, de la pro-
« priété et du choix des mots. Elles ont toujours un but
« moral, mais non pas ce moral vague et indéfini dont
« il est difficile qu'un enfant puisse sentir le mérite et
« l'utilité, puisque rien encore ne l'a placé dans les cir-
« constances où il puisse se reconnaître et se retrou-
« ver [1]. »

Ce sont ces réflexions si judicieuses qui nous ont indiqué le plan de notre édition. Elles nous ont confirmé, ce que les notions les plus élémentaires de la pédagogie suggéraient du reste suffisamment, que l'ordre le plus convenable était celui qui est conforme *au progrès que l'âge et l'instruction doivent amener dans l'éducation des enfants*. Aussi nous *avons suivi pour ainsi dire la chronologie* de ces compositions, en commençant *par celles dont la simplicité, la précision, la clarté*, sont un indice *qu'elles ont été écrites les premières; qu'elles s'adressent à un enfant dont il faut éviter de fatiguer l'intelligence, et à l'esprit duquel on ne doit présenter que ce qu'il peut saisir et conserver.*

Puis, viennent celles qui, *prenant un caractère un peu plus élevé, renferment des allusions à l'histoire et à la mythologie, à mesure que les progrès de l'instruction mettent les enfants à portée de les saisir et de s'en faire l'application.*

Nous avons accompagné le texte de ces fables de quelques notes mythologiques, historiques, géographiques et philologiques. Nous les avons faites aussi simples, aussi courtes que possible, nous attachant à ne

[1] DE BAUSSET, *Histoire de Fénelon*, livre Ier.

dire que ce qui était strictement nécessaire pour donner à l'enfant l'intelligence du passage qu'il lit, ou l'explication des mots au-dessus de la portée de son âge.

M. de Bausset, qu'il faut toujours prendre pour guide, parce qu'il est l'interprète de Fénelon, dit encore que *ces fables ne conviennent qu'à un prince, et à un prince destiné à régner*. Ces paroles nous ont frappés, et nous avons pensé que, pour remplir les intentions du Conseil royal de l'Université, il y avait un choix à faire parmi les fables de Fénelon, et que *toutes* ne pouvaient pas être mis avec fruit sous les yeux de jeunes enfants *qui ne sont pas destinés à régner*. Nous avons donc écarté quelques pièces, telles, par exemple, que celles intitulées : *l'Assemblée des animaux pour se choisir un roi*, *Alibée le Persan*, *les deux Lionceaux*, *le Nil et le Gange*, qui se rattachent d'une manière si spéciale à la position du duc de Bourgogne, qu'elles cessaient d'avoir une application utile pour l'enfance en général[1].

Mais comme nous n'avons pas voulu que notre recueil fût moins complet que ceux qui existaient déjà, nous avons placé à la fin, dans une sorte d'appendice, les fables qui ont le caractère exclusif dont nous venons de parler, et quelques autres encore, qui nous paraissent avoir été ajoutées mal à propos par les derniers éditeurs. Nous citerons, parmi ces dernières : l'*Histoire de la reine Giselle et de la fée Corysante*, faible contre-épreuve de l'*Histoire d'une vieille reine et d'une jeune paysanne*; l'*Histoire d'une jeune princesse*, autre contre-épreuve, plus faible et plus terne encore de l'*Histoire de Florise*; *le Voyage supposé*, *l'Anneau de Gygès*,

[1] Nous avons placé à la fin du volume une table *alphabétique* à l'aide de laquelle il sera toujours facile d'établir une sorte de concordance entre notre édition et les autres, et de trouver à l'instant même la fable dont on aura besoin.

(*Note des éditeurs.*)

le Renard puni de sa curiosité, *le Pigeon puni de son inquiétude*. Nous croyons que ces pièces très-faibles, nous le répétons, et dont aucune ne fut admise dans l'édition de 1718, donnée par le marquis de Fénelon et M. de Ramsay, ont été par erreur mises sous le nom de Fénelon ; si elles lui appartiennent, ce ne sont que des ébauches, ou plutôt ce sont les devoirs du jeune duc de Bourgogne. « Fénelon, dit encore M. de Bausset, après « avoir donné à son élève les modèles de la composi- « tion, l'excitait à créer des sujets du même genre (que « les fables) avec le seul secours de son imagination.» Ces fables peuvent être curieuses pour les bibliomanes, et à ce titre trouver place dans une collection des œuvres complètes ; mais une édition classique impose d'autres devoirs : il n'est point permis, en saine critique, d'y admettre des morceaux faibles, et, de plus, d'une authenticité douteuse ; elle ne doit contenir que des modèles, et nous aimons à penser que personne ne nous reprochera notre sévérité.

L. C. MICHEL.

FABLES

DE FÉNELON.

I. LE JEUNE BACCHUS ET LE FAUNE [1].

Un jour le jeune Bacchus, que Silène [2] instruisait, cherchait les Muses [3] dans un bocage [4] dont le silence n'était troublé que par le bruit des fontaines et par le chant des oiseaux. Le soleil n'en pouvait, avec ses rayons, percer la sombre verdure. L'enfant de Sémélé [5], pour étudier la langue des dieux, s'assit dans un coin, au pied d'un vieux chêne, du tronc [6] duquel plusieurs hommes de l'âge d'or [7] étaient nés. Il avait même autrefois rendu des oracles [8], et le temps n'avait osé l'abattre de

[1] *Bacchus* était dieu de la vendange et fils de Jupiter, roi des dieux. — Les *Faunes* étaient des divinités fabuleuses, moitié hommes et moitié chèvres, qui habitaient les forêts.

[2] Père nourricier de Bacchus.

[3] Déesses des sciences et des arts. Elles étaient au nombre de neuf.

[4] *Bocage*, petit bois.

[5] *Sémélé* est la mère de Bacchus.

[6] *Tronc*, corps d'un arbre considéré sans branches; le *c* ne se prononce pas.

[7] Les anciens supposaient que le monde avait successivement passé par quatre périodes appelées l'*âge d'or*, l'*âge d'argent*, l'*âge d'airain* et l'*âge de fer*. L'*âge d'or* était celui de la vertu et du bonheur. La décadence commençait dans l'*âge d'argent*, et allait croissant dans chacun des autres.

[8] *Oracles*, réponses que rendaient certaines personnes ou certaines idoles, et même certains arbres, que l'on allait consulter sur l'avenir ou sur d'autres choses cachées. On appe-

sa tranchante faux[1]. Auprès de ce chêne sacré et antique se cachait un jeune Faune, qui prêtait l'oreille aux vers que chantait l'enfant, et qui marquait à Silène, par un ris moqueur, toutes les fautes que faisait son disciple. Aussitôt les Naïades[2] et les autres Nymphes du bois souriaient aussi. Ce critique[3] était jeune, gracieux et folâtre; sa tête était couronnée de lierre et de pampre[4]; ses tempes étaient ornées de grappes de raisin; de son épaule gauche pendait sur son côté droit, en écharpe, un feston[5] de lierre : et le jeune Bacchus se plaisait à voir ces feuilles consacrées à sa divinité. Le Faune était enveloppé, au-dessous de la ceinture, par la dépouille affreuse et hérissée d'une jeune lionne qu'il avait tuée dans les forêts. Il tenait dans sa main une houlette courbée et noueuse. Sa queue paraissait derrière, comme se jouant sur son dos. Mais, comme Bacchus ne pouvait souffrir un rieur malin, toujours prêt à se moquer de ses expressions si elles n'étaient pures et élégantes[6], il lui dit d'un ton fier et impatient : « Comment oses-tu te moquer du fils de Jupiter? — Le Faune ré-

lait aussi *oracle* la personne, l'idole, ou l'objet quelconque que l'on consultait.

[1] Dans la mythologie, le *Temps* est représenté sous la figure d'un vieillard armé d'une faux.

[2] Les *Naïades*, étaient les Nymphes qui présidaient aux fleuves et aux fontaines.

[3] *Critique;* celui qui examine, qui juge.

[4] *Pampre*, branche de vigne avec ses feuilles.

[5] *Feston*, faisceau de petites branches d'arbres garnies de leurs feuilles, et entremêlées de fleurs et de fruits.

[6] *Pur*, lorsqu'il s'agit, comme ici de discours, marque la propriété des termes, et la régularité de la construction. — *Élégantes*, choisies avec goût.

pondit sans s'émouvoir : Hé! comment le fils de Jupiter ose-t-il faire quelque faute? »

II. LES ABEILLES.

Un jeune prince, au retour des Zéphyrs[1], lorsque toute la nature se ranime, se promenait dans un jardin délicieux ; il entendit un grand bruit, et aperçut une ruche d'Abeilles. Il s'approche de ce spectacle, qui était nouveau pour lui ; il vit avec étonnement l'ordre, le soin et le travail de cette petite république. Les cellules[2] commençaient à se former et à prendre une figure régulière. Une partie des Abeilles les remplissaient de leur doux nectar[3] : les autres apportaient des fleurs qu'elles avaient choisies entre toutes les richesses du printemps. L'oisiveté et la paresse étaient bannies de ce petit Etat : tout y était en mouvement, mais sans confusion et sans trouble. Les plus considérables d'entre les Abeilles conduisaient les autres, qui obéissaient sans murmure et sans jalousie contre celles qui étaient au-dessus d'elles[4]. Pendant que le jeune prince admirait cet objet qu'il ne connaissait pas encore, une Abeille, que toutes les autres

[1] *Zéphyr*, vent d'occident. On désigne sous ce nom tous les vents doux et agréables, et en particulier ceux du printemps.

[2] *Cellules*, petites cases en cire, où les abeilles renferment leur miel.

[3] Ce mot, qui signifie proprement le breuvage des dieux, est employé pour désigner en général toute boisson exquise.

[4] Les abeilles reconnaissent des chefs, et ont une *reine*.

reconnaissaient pour leur reine, s'approcha de lui et lui dit : « La vue de nos ouvrages et de notre conduite vous réjouit ; mais elle doit encore plus vous instruire. Nous ne souffrons point chez nous le désordre ni la licence ; on n'est considérable parmi nous que par son travail et par les talents qui peuvent être utiles à notre république. Le mérite est la seule voie qui élève aux premières places. Nous ne nous occupons nuit et jour qu'à des choses dont les hommes retirent toute l'utilité. Puissiez-vous être un jour comme nous, et mettre dans le genre humain l'ordre que vous admirez chez nous ! Vous travaillerez par là à son bonheur et au vôtre ; vous remplirez la tâche que le destin vous a imposée : car vous ne serez au-dessus des autres que pour les protéger, que pour écarter les maux qui les menacent, que pour leur procurer tous les biens qu'ils ont droit d'attendre d'un gouvernement vigilant et paternel. »

III. LE CHAT ET LES LAPINS.

Un Chat qui faisait le modeste, était entré dans une garenne[1] peuplée de Lapins. Aussitôt toute la république alarmée ne songea qu'à s'enfoncer dans ses trous. Comme le nouveau venu était au guet auprès d'un terrier, les députés de la nation lapine, qui avaient vu ses terribles griffes, comparurent

[1] *Garenne*, petit lieu clos de murailles où l'on élève des lapins.

dans l'endroit le plus étroit de l'entrée du terrier, pour lui demander ce qu'il prétendait. Il protesta d'une voix douce qu'il voulait seulement étudier les mœurs de la nation; qu'en qualité de philosophe [1], il allait dans tous les pays pour s'informer des coutumes de chaque espèce d'animaux. Les députés, simples et crédules, retournèrent dire à leurs frères que cet étranger, si vénérable par son maintien modeste et par sa majestueuse fourrure, était un philosophe sobre, désintéressé, pacifique, qui voulait seulement rechercher la sagesse de pays en pays; qu'il venait de beaucoup d'autres lieux où il avait vu de grandes merveilles; qu'il y aurait bien du plaisir à l'entendre, et qu'il n'avait garde de croquer les Lapins, puisqu'il croyait en bon bramin [2] la métempsycose [3], et ne mangeait d'aucun aliment qui eût eu vie. Ce beau discours toucha l'assemblée. En vain un vieux Lapin rusé, qui était le docteur de la troupe, représenta combien ce grave philosophe lui était suspect: malgré lui on va saluer le bramin, qui étrangla du premier salut [4] sept ou huit de ces pauvres gens. Les autres regagnent leurs trous, bien effrayés et bien honteux de leur faute. Alors dom Mitis [5] revint à l'entrée du terrier, protestant, d'un ton plein de

1 *Philosophe*, ami de la sagesse, celui qui s'applique à l'étude de l'homme moral et de la société.

2 *Bramin*, nom que l'on donne aux prêtres chez les Indous.

3 Doctrine qui consiste à croire qu'après la mort l'âme d'un homme passe dans le corps d'un animal, suivant sa conduite et ses goûts pendant la vie.

4 C'est-à-dire *dès le premier salut*.

5 *Dom* du mot latin *dominus*, signifie seigneur, et se joint comme titre aux noms propres, en Espagne, et dans quelques

cordialité[1] qu'il n'avait fait ce meurtre que malgré lui, pour son pressant besoin; que désormais il vivrait d'autres animaux, et ferait avec eux une alliance éternelle. Aussitôt les Lapins entrent en négociation avec lui, sans se mettre néanmoins à la portée de sa griffe. La négociation dure; on l'amuse. Cependant un Lapin des plus agiles sort par les derrières du terrier, et va avertir un berger voisin, qui aimait à prendre dans un lacs[2] de ces Lapins nourris de genièvre[3]. Le berger, irrité contre ce Chat exterminateur d'un peuple si utile, accourt au terrier avec un arc et des flèches: il aperçoit le Chat, qui n'était attentif qu'à sa proie; il le perce d'une de ses flèches; et le Chat expirant dit ces dernières paroles: « Quand on a une fois trompé, on ne peut plus être cru de personne; on est haï, craint, détesté; et on est enfin attrapé par ses propres finesses. »

IV. LE NOURRISSON DES MUSES FAVORISÉ DU SOLEIL[4].

Le Soleil, ayant laissé le vaste tour du ciel en paix, avait fini sa course, et plongé ses chevaux

ordres religieux. *Mitis* est ici un nom de chat, emprunté à son caractère hypocrite.

[1] *Cordialité*, affection tendre et sincère, qui part du cœur.

[2] *Lacs*, nœud coulant qui sert à prendre les lapins, les lièvres, et autres petits quadrupèdes. On prononce *las* comme s'il y avait deux *s*, et sans faire sentir le *c*.

[3] Arbuste odoriférant.

[4] *Nourrisson des Muses*. On nomme ainsi les poëtes.—Sur les *Muses*, voy. page 11, note 3.

fougueux dans le sein des ondes de l'Hespérie[1]. Le bord de l'horizon[2] était encore rouge comme la pourpre[3], et enflammé des rayons ardents qu'il y avait répandus sur son passage. La brûlante Canicule[4] desséchait la terre ; toutes les plantes altérées languissaient; les fleurs ternies penchaient leurs têtes, et leurs tiges malades ne pouvaient plus les soutenir; les Zéphyrs[5] mêmes retenaient leurs douces haleines; l'air que les animaux respiraient était semblable à de l'eau tiède. La Nuit, qui répand avec ses ombres une douce fraîcheur, ne pouvait tempérer la chaleur dévorante que le jour avait causée : elle ne pouvait verser sur les hommes abattus et défaillants, ni la rosée qu'elle fait distiller quand Vesper[6] brille à la queue des autres étoiles, ni cette moisson de pavots qui font sentir les charmes du sommeil à toute la nature fatiguée[7]. Le Soleil seul, dans le sein de Téthys[8],

1 Le soleil accomplissait sa course sur un char attelé de quatre chevaux blancs. — On appelait *Hespérie* les pays de l'occident, spécialement l'Italie et l'Espagne.

2 Partie de la surface de la terre où se termine notre vue, où le ciel et la terre semblent se joindre.

3 *Pourpre*, étoffe d'un rouge foncé tirant sur le violet.

4 *La Canicule* est une constellation qui se lève en même temps que le soleil durant les mois de juillet et d'août. On lui attribue la chaleur qu'il fait alors.

5 *Zéphyrs*. On appelle ainsi toutes sortes de vents doux et agréables.

6 *Vesper*. C'est une étoile qui paraît le soir à l'occident, immédiatement après le coucher du soleil.

7 *Pavots*, fleurs assoupissantes, qui provoquent au sommeil.

8 C'est-à-dire dans la mer. Suivant les mythologues, *Téthys* qu'il ne faut pas confondre avec *Thétis*, femme de Pelée, et mère d'Achille, était l'épouse de l'Océan, et le Soleil, lorsqu'il se couchait, se plongeait dans la mer.

jouissait d'un profond repos ; mais ensuite, quand il fut obligé de remonter sur son char attelé par les Heures[1] et devancé par l'Aurore[2], qui sème son chemin de roses, il aperçut tout l'Olympe[3] couvert de nuages ; il vit les restes d'une tempête qui avait effrayé les mortels pendant toute la nuit. Les nuages étaient encore empestés de l'odeur des vapeurs soufrées qui avaient allumé les éclairs et fait gronder le menaçant tonnerre; les Vents[4] séditieux, ayant rompu leurs chaînes et forcé leurs cachots profonds, mugissaient encore dans les vastes plaines de l'air; des torrents tombaient des montagnes dans tous les vallons. Celui dont l'œil plein de rayons[5] anime toute la nature, voyait de toutes parts, en se levant, le reste d'un cruel orage. Mais, ce qui l'émut davantage, il vit un jeune nourrisson des Muses, qui lui était fort cher, et à qui la tempête avait dérobé le sommeil, lorsqu'il commençait déjà à étendre ses sombres ailes sur ses paupières. Il fut sur le point de ramener ses chevaux en arrière, et de retarder le jour, pour rendre le repos à celui qui l'avait perdu. « Je veux, dit-il, qu'il dorme : le sommeil rafraîchira son sang, apaisera sa bile, lui donnera la santé et la force dont il aura besoin pour imiter les travaux d'Hercule[6], lui inspirera je ne sais quelle

[1] Les *Heures* étaient des déesses qui présidaient aux saisons et avaient soin du char et des chevaux du Soleil.

[2] Déesse qui ouvrait les portes du jour.

[3] Sur l'*Olympe*, voy. page 53, note 1.

[4] Les *Vents* étaient les sujets d'Éole, qui les tenait enfermés dans des grottes profondes.

[5] C'est-à-dire le *Soleil*.

[6] *Hercule*, héros, fils de Jupiter, qui accomplit des tra-

douceur tendre qui pourrait seule lui manquer. Pourvu qu'il dorme, qu'il rie, qu'il adoucisse son tempérament, qu'il aime les jeux de la société, qu'il prenne plaisir à aimer les hommes et à se faire aimer d'eux, toutes les grâces de l'esprit et du corps viendront en foule pour l'orner. »

V. L'ABEILLE ET LA MOUCHE.

Un jour une Abeille aperçut une Mouche auprès de sa ruche. « Que viens-tu faire ici? lui dit-elle d'un ton furieux. Vraiment, c'est bien à toi, vil animal, à te mêler avec les reines de l'air ! — Tu as raison, répondit froidement la Mouche : on a toujours tort de s'approcher d'une nation aussi fougueuse que la vôtre. — Rien n'est plus sage que nous, dit l'Abeille : nous seules avons des lois et une république bien policée ; nous ne broutons que des fleurs odoriférantes ; nous ne faisons que du miel délicieux, qui égale le nectar[1]. Ote-toi de ma présence, vilaine Mouche importune, qui ne fais que bourdonner et chercher ta vie sur des ordures. — Nous vivons comme nous pouvons, répondit la Mouche : la pauvreté n'est pas un vice ; mais la colère en est un grand. Vous faites du miel qui est doux, mais votre cœur est toujours amer ; vous êtes sages dans vos lois, mais emportées dans votre conduite. Votre colère, qui pique vos enne-

vaux prodigieux sur la terre, et, après sa mort, fut mis au rang des dieux.

[1] Sur le *nectar*, voy. page 15, note 3.

mis, vous donne la mort[1], et votre folle cruauté vous fait plus de mal qu'à personne. Il vaut mieux avoir des qualités moins éclatantes avec plus de modération. »

VI. LE ROSSIGNOL ET LA FAUVETTE.

Sur les bords toujours verts du fleuve Alphée[2], il y a un bocage sacré, où trois Naïades[3] répandent à grand bruit leurs eaux claires et arrosent les fleurs naissantes : les Grâces[4] y vont souvent se baigner. Les arbres de ce bocage ne sont jamais agités par les vents, qui les respectent ; ils sont seulement caressés par le souffle des doux Zéphyrs[5]. Les Nymphes et les Faunes[6] y font, la nuit, des danses au son de la flûte de Pan[7]. Le soleil ne saurait percer de ses rayons l'ombre épaisse que forment les rameaux entrelacés de ce bocage. Le silence, l'obscurité et la délicieuse fraîcheur y règnent le jour comme la nuit. Sous ce feuillage,

1 L'aiguillon de l'abeille reste ordinairement dans la blessure qu'il a faite, ce qui occasionne la mort de l'insecte lui-même.

2 Fleuve d'Élide, province de la Grèce.

3 Voy. page 12, note 2.

4 *Les Grâces.* Elles étaient au nombre de trois, nommées *Aglaé*, *Thalie* et *Euphrosyne*, et ne quittaient jamais Vénus.

5 Sur *Zéphyr*, voy. page 17, note 5.

6 Voyez page 11, note 1, et page 12, note 2.

7 *Pan* était le dieu des bergers et des troupeaux. Il inventa une flûte composée de plusieurs petits tuyaux de roseaux, d'inégale longueur, collés les uns auprès des autres sur une seule file.

on entend Philomèle qui chante d'une voix plaintive et mélodieuse ses anciens malheurs, dont elle n'est pas encore consolée[1]. Une jeune Fauvette, au contraire, y chante ses plaisirs, et elle annonce le printemps à tous les bergers d'alentour. Philomèle même est jalouse des chansons tendres de sa compagne. Un jour, elles aperçurent un jeune berger qu'elles n'avaient point encore vu dans ces bois; il leur parut gracieux, noble, aimant les Muses et l'harmonie[2]: elles crurent que c'était Apollon, tel qu'il fut autrefois chez le roi Admète, ou du moins quelque jeune héros du sang de ce dieu[3]. Les deux oiseaux, inspirés par les Muses, commencèrent aussitôt à chanter ainsi :

Quel est donc ce berger, ou ce dieu inconnu qui vient orner notre bocage? Il est sensible à nos chansons; il aime la poésie: elle adoucira son cœur, et le rendra aussi aimable qu'il est fier.

Alors Philomèle continua seule :

Que ce jeune héros croisse en vertu, comme une fleur que le printemps fait éclore! qu'il aime les doux jeux de l'esprit! que les Grâces soient sur ses lèvres! que la sagesse de Minerve[4] règne dans son cœur!

[1] *Philomèle*, cruellement maltraitée par Térée, son beau-frère, fut métamorphosée en rossignol.

[2] *Muses*, voy. page 11, note 5.—*L'harmonie, le chant* et *la musique*.

[3] *Apollon*, dieu de la lumière, de la médecine, de la poésie et des beaux-arts. Exilé du ciel pour avoir tué à coups de flèches les *Cyclopes* qui forgeaient les foudres de Jupiter, il se retira chez Admète, roi de Thessalie, dont il garda les troupeaux.

[4] Fille de Jupiter, et déesse de la sagesse et des arts.

La Fauvette lui répondit :

Qu'il égale Orphée[1] par les charmes de sa voix, et Hercule par ses hauts faits[2] ! qu'il porte dans son cœur l'audace d'Achille[3], sans en avoir la férocité ! Qu'il soit bon, qu'il soit sage, bienfaisant, tendre pour les hommes, et aimé d'eux ! Que les Muses fassent naître en lui toutes les vertus !

Puis les deux oiseaux inspirés reprirent ensemble :

Il aime nos douces chansons; elles entrent dans son cœur, comme la rosée tombe sur nos gazons brûlés par le soleil. Que les dieux le modèrent, et le rendent toujours fortuné ! qu'il tienne en sa main la corne d'abondance[4] ! que l'âge d'or revienne par lui[5] ! que la sagesse se répande de son cœur sur tous les mortels ! et que les fleurs naissent sous ses pas !

Pendant qu'elles chantèrent, les Zéphyrs retinrent leurs haleines; toutes les fleurs du bocage s'épanouirent ; les ruisseaux formés par les trois fontaines[6] suspendirent leur cours ; les Satyres et les Faunes[7], pour mieux écouter, dressaient leurs

[1] *Orphée*; célèbre poëte et musicien. Les sons de sa lyre adoucissaient les bêtes les plus féroces et attiraient les arbres et les rochers.

[2] Voy. page 18, note 6.

[3] Célèbre et vaillant guerrier grec.

[4] Corne remplie de fleurs et de fruits, qui est l'attribut de l'*Abondance*, divinité de la Fable.

[5] Sur l'*âge d'or*, voy. page 11, note 7.

[6] *Les trois Naïades*, voy. page 12, note 2.

[7] *Satyres*, dieux de la Fable, qui avaient un corps d'homme avec des jambes et des pieds de boucs. — Pour les *Faunes*, voy. page 11, note 1.

oreilles aiguës[1]; Écho[2] redisait ces belles paroles à tous les rochers d'alentour; et toutes les Dryades[3] sortirent du sein des arbres verts, pour admirer celui que Philomèle et sa compagne venaient de chanter.

VII. LE LOUP ET LE JEUNE MOUTON.

Des Moutons étaient en sûreté dans leur parc[4]; les chiens dormaient; et le berger, à l'ombre d'un grand ormeau, jouait de la flûte avec d'autres bergers voisins. Un Loup affamé vint, par les fentes de l'enceinte, reconnaître l'état du troupeau. Un jeune Mouton sans expérience, et qui n'avait jamais rien vu, entra en conversation avec lui: « Que venez-vous chercher ici ? dit-il au glouton[5]. — L'herbe tendre et fleurie, lui répondit le Loup. Vous savez que rien n'est plus doux que de paître dans une verte prairie émaillée de fleurs, pour apaiser sa faim, et d'aller éteindre sa soif dans un clair ruisseau : j'ai trouvé ici l'un et l'autre. Que faut-il davantage? J'aime la philosophie[6] qui enseigne à se contenter de peu.— Est-il donc vrai,

[1] *Aiguës*, pointues. Les Satyres avaient des oreilles pointues par le haut et par le bas, au lieu d'être arrondies.
[2] *Écho* (prononcez *Éco*), nymphe qui est la personnification du son. *Écho* veut dire voix, son, bruit.
[3] Déesses protectrices des bois et des arbres.
[4] Enceinte dans laquelle on enferme les troupeaux dans les champs.
[5] *Glouton*. Se dit des animaux carnassiers, comme le loup.
[6] *Philosophie*, science de la sagesse.

repartit le jeune Mouton, que vous ne mangez point la chair des animaux, et qu'un peu d'herbe vous suffit? Si cela est, vivons comme frères, et paissons ensemble.» Aussitôt le Mouton sort du parc dans la prairie, où le sobre philosophe le mit en pièces et l'avala.

Défiez-vous des belles paroles des gens qui se vantent d'être vertueux. Jugez-en par leurs actions, et non par leurs discours.

VIII. LES DEUX RENARDS.

Deux Renards entrèrent la nuit par surprise dans un poulailler; ils étranglèrent le coq, les poules et les poulets : après ce carnage, ils apaisèrent leur faim. L'un, qui était jeune et ardent, voulait tout dévorer; l'autre, qui était vieux et avare, voulait garder quelque provision pour l'avenir. Le vieux disait : « Mon enfant, l'expérience m'a rendu sage; j'ai vu bien des choses depuis que je suis au monde. Ne mangeons pas tout notre bien en un seul jour. Nous avons fait fortune; c'est un trésor que nous avons trouvé, il faut le ménager.» Le jeune répondait : « Je veux tout manger pendant que j'y suis, et me rassasier pour huit jours : car pour ce qui est de revenir ici, chansons[1]! il n'y fera pas bon demain; le maître, pour venger la mort de ses poules, nous assommerait. » Après cette conversation, chacun prend son parti. Le jeune mange tant, qu'il se crève, et peut à peine

[1] *Chansons !* c'est-à-dire *discours ou raisons frivoles.*

aller mourir dans son terrier. Le vieux, qui se croit bien plus sage de modérer ses appétits et de vivre d'économie, veut, le lendemain, retourner à sa proie, et est assommé par le maître.

Ainsi chaque âge a ses défauts : les jeunes gens sont fougueux et insatiables dans leurs plaisirs; les vieux sont incorrigibles dans leur avarice.

IX. L'OURSE ET SON FILS.

Une Ourse avait un petit Ours qui venait de naître. Il était horriblement laid. On ne reconnaissait en lui aucune figure d'animal : c'était une masse informe et hideuse. L'Ourse, toute honteuse d'avoir un tel fils, va trouver sa voisine la Corneille, qui faisait grand bruit par son caquet sous un arbre. « Que ferai-je, lui dit-elle, ma bonne commère, de ce petit monstre? j'ai envie de l'étrangler.—Gardez-vous-en bien, dit la causeuse : j'ai vu d'autres Ourses dans le même embarras que vous. Allez, léchez doucement votre fils; il sera bientôt joli, mignon, et propre à vous faire honneur. » La mère crut facilement ce qu'on lui disait en faveur de son fils. Elle eut la patience de le lécher longtemps. Enfin il commença à devenir moins difforme, et elle alla remercier la Corneille en ces termes : « Si vous n'eussiez modéré mon impatience, j'aurais cruellement déchiré mon fils, qui fait maintenant tout le plaisir de ma vie. »

Oh ! que l'impatience empêche de biens et cause de maux !

X. LE DÉPART DE LYCON.

Quand la Renommée[1], par le son éclatant de sa trompette, eut annoncé aux divinités rustiques et aux bergers du Cynthe[2] le départ de Lycon, tous ces bois si sombres retentirent de plaintes amères. Echo [3] les répétait tristement à tous les vallons d'alentour. On n'entendait plus le doux son de la flûte ni celui du hautbois. Les bergers mêmes, dans leur douleur, brisaient leurs chalumeaux. Tout languissait : la tendre verdure des arbres commençait à s'effacer ; le ciel, jusqu'alors si serein, se chargeait de noires tempêtes ; les cruels Aquilons[4] faisaient déjà frémir les bocages comme en hiver. Les divinités même les plus champêtres ne furent pas insensibles à cette perte : les Dryades[5] sortaient des troncs creux des vieux chênes pour regretter Lycon. Il se fit une assemblée de ces tristes divinités autour d'un grand arbre qui élevait ses branches vers les cieux, et qui couvrait de son ombre épaisse la terre, sa mère, depuis

[1] Déesse qui publiait par toute la terre les événements qui se passaient. On la représentait avec des ailes et une trompette.

[2] Montagne de l'île de Délos.

[3] *Écho*, voy. page 23, note 2.

[4] L'*Aquilon* est le vent du nord. Poétiquement, on appelle *aquilons* tous les vents froids et orageux.

[5] *Dryades*, voy. page 23, note 3.

plusieurs siècles. Hélas ! autour de ce vieux tronc noueux et d'une grosseur prodigieuse, les Nymphes[1] de ce bois, accoutumées à faire leurs danses et leurs jeux folâtres, vinrent raconter leur malheur. « C'en est fait ! disaient-elles, nous ne reverrons plus Lycon : il nous quitte ; la fortune ennemie nous l'enlève ; il va être l'ornement et les délices d'un autre bocage plus heureux que le nôtre. Non, il n'est plus permis d'espérer d'entendre sa voix, ni de le voir tirant de l'arc, et perçant de ses flèches les rapides oiseaux.» Pan[2] lui-même accourut, ayant oublié sa flûte ; les Faunes et les Satyres[3] suspendirent leurs danses. Les oiseaux même ne chantaient plus : on n'entendait que les cris affreux des hibous et des autres oiseaux de mauvais présage. Philomèle[4] et ses compagnes gardaient un morne silence. Alors Flore et Pomone[5] parurent tout à coup, d'un air riant, au milieu du bocage, se tenant par la main : l'une était couronnée de fleurs, et en faisait naître sous ses pas empreints[6] sur le gazon ; l'autre portait, dans une corne d'abondance[7], tous les fruits que l'automne répand sur la terre pour payer l'homme de ses peines. « Consolez-vous, dirent-elles à cette assemblée de dieux consternés : Lycon part, il est vrai ; mais il n'abandonne pas cette montagne consacrée à Apollon[8]. Bientôt vous le

1 *Nymphes*, voy. page 12, note 2.
2 *Pan*, voy. page 20, note 7.
3 *Faunes*, voy. page 11, note 1, et page 22, note 7.
4 *Philomèle*, voy. page 21, note 1.
5 *Flore*, déesse des fleurs.—*Pomone*, déesse des fruits.
6 *Empreints*, marqués, dont la trace était sur le gazon.
7 *Corne d'abondance*, voy. page 22, note 4.
8 *Apollon*, voy. page 21, note 5.

reverrez ici cultivant lui-même nos jardins fortunés : sa main y plantera les verts arbustes, les plantes qui nourrissent l'homme, et les fleurs qui font ses délices. O Aquilons, gardez-vous de flétrir jamais par vos souffles empestés ces jardins où Lycon prendra des plaisirs innocents. Il préférera la simple nature au faste[1] et aux divertissements désordonnés ; il aimera ces lieux ; il les abandonne à regret. » A ces mots, la tristesse se change en joie ; on chante les louanges de Lycon ; on dit qu'il sera amateur des jardins, comme Apollon a été berger conduisant les troupeaux d'Admète[2] : mille chansons divines remplissent le bocage, et le nom de Lycon passe de l'antique forêt jusque dans les campagnes les plus reculées. Les bergers le répètent sur leurs chalumeaux[3] ; les oiseaux mêmes, dans leurs doux ramages, font entendre je ne sais quoi qui ressemble au nom de Lycon. La terre se pare de fleurs et s'enrichit de fruits. Les jardins, qui attendent son retour, lui préparent les grâces du printemps et les magnifiques dons de l'automne. Les seuls regards de Lycon, qu'il jette encore de loin sur cette agréable montagne, la fertilisent. Là, après avoir arraché les plantes sauvages et stériles, il cueillera l'olive et le myrte, en attendant que Mars[4] lui fasse cueillir ailleurs des lauriers.

[1] *Faste*, magnificence.

[2] *Admète*, voy. page 21, note 3.

[3] *Chalumeau*, se dit, en poésie, de toutes sortes de flûtes et d'instruments à vent qui composent une musique champêtre.

[4] *Mars*, dieu de la guerre.

XI. LE HIBOU [1].

Un jeune Hibou, qui s'était vu dans une fontaine, et qui se trouvait plus beau, je ne dirai pas que le jour, car il le trouvait fort désagréable, mais que la nuit, qui avait de grands charmes pour lui, disait en lui-même : « J'ai sacrifié aux Grâces ; Vénus [2] a mis sur moi sa ceinture dans ma naissance ; les tendres Amours, accompagnés des Jeux et des Ris, voltigent autour de moi pour me caresser. Il est temps que le blond Hyménée [3] me donne des enfants gracieux comme moi ; ils seront l'ornement des bocages et les délices de la nuit. Quel dommage que la race des plus parfaits oiseaux se perdît ! Heureuse l'épouse qui passera sa vie à me voir ! » Dans cette pensée, il envoie la Corneille demander de sa part [4] une petite Aiglonne, fille de l'Aigle, reine des airs. La Corneille avait peine à se charger de cette ambassade : « Je serai mal reçue, disait-elle, de proposer un mariage si mal assorti. Quoi l'Aigle, qui ose regarder fixement le soleil [5], se marierait avec vous, qui ne sauriez

[1] Le *hibou* est un oiseau qui, par la configuration de ses yeux, ne peut supporter le grand jour : il se cache dans le creux des arbres et des rochers, et n'en sort qu'au crépuscule et pendant la nuit.

[2] Sur les *Grâces* et sur *Vénus*, voy. page 20, note 4. Vénus avait une ceinture qui avait la vertu de donner de la grâce.

[3] *Hyménée*, fils de Vénus, présidait aux mariages.

[4] Demander en mariage.

[5] L'*aigle*, par la conformation de ses yeux, est le seul des animaux qui puisse regarder fixement le soleil.

seulement ouvrir les yeux tandis qu'il est jour[1] ! c'est le moyen que les deux époux ne soient jamais ensemble ; l'un sortira le jour, et l'autre la nuit.» Le Hibou, vain et amoureux de lui-même, n'écouta rien. La Corneille, pour le contenter, alla enfin demander l'Aiglonne, On se moqua de sa folle demande. L'Aigle lui répondit : « Si le Hibou veut être mon gendre, qu'il vienne après le lever du soleil me saluer au milieu de l'air.» Le Hibou présomptueux y voulut aller. Ses yeux furent d'abord éblouis ; il fut aveuglé par les rayons du soleil, et tomba du haut de l'air sur un rocher. Tous les oiseaux se jetèrent sur lui, et lui arrachèrent ses plumes. Il fut trop heureux de se cacher dans son trou, et d'épouser la Chouette, qui fut une digne dame du lieu. Leur hymen fut célébré la nuit, et ils se trouvèrent l'un et l'autre très-beaux et très-agréables.

Il ne faut rien chercher au-dessus de soi, ni se flatter sur ses avantages.

XII. LES DEUX SOURIS.

Une Souris, ennuyée de vivre dans les périls et dans les alarmes à cause de Mitis et de Rodilardus[2], qui faisaient grand carnage de la nation souriquoise, appela sa commère, qui était dans un trou de son voisinage. « Il m'est venu dit-elle, une

[1] *Tandis que* pour *tant que*, se disait du temps de Fénelon.

[2] Noms de chats.

bonne pensée ; j'ai lu, dans certains livres que je rongeais ces jours passés, qu'il y a un beau pays, nommé les Indes [1], où notre peuple est mieux traité et plus en sûreté qu'ici. En ce pays-là, les sages croient que l'âme d'une souris a été autrefois l'âme d'un grand capitaine, d'un roi, d'un merveilleux fakir [2], et qu'elle pourra, après la mort de la souris, entrer dans le corps de quelque belle dame, ou de quelque grand pandiar [3]. Si je m'en souviens bien, cela s'appelle métempsycose[4]. Dans cette opinion, ils traitent tous les animaux avec une charité fraternelle : on voit des hôpitaux de souris, qu'on met en pension, et qu'on nourrit comme des personnes de mérite. Allons, ma sœur, partons pour un si beau pays, où la police est si bonne, et où l'on fait justice à notre mérite. » La commère lui répondit : « Mais, ma sœur, n'y a-t-il point de chats qui entrent dans ces hôpitaux? Si cela était, ils feraient en peu de temps bien des métempsycoses : un coup de dent ou de griffe ferait un roi ou un fakir, merveille dont nous nous passerions très-bien. — Ne craignez point cela, dit la première ; l'ordre est parfait dans ce pays-là : les chats ont leurs maisons, comme nous les nôtres, et ils ont aussi leurs hôpitaux d'invalides, qui sont à part. » Sur cette conversation, nos deux Souris partent ensemble ; elles s'embarquent dans un vaisseau qui allait faire un voyage de long

1 Grande contrée de l'Asie.

2 *Fakir*, religieux ou pèlerin mahométan, qui vit d'aumônes.

3 *Pandiar*, savant docteur.

4 *Métempsycose*, voy. page 15, note 3.

cours, en se coulant le long des cordages le soir de la veille de l'embarquement. On part; elles sont ravies de se voir sur la mer, loin des terres maudites où les chats exerçaient leur tyrannie. La navigation fut heureuse; elles arrivent à Surate[1], non pour amasser des richesses, comme les marchands, mais pour se faire bien traiter par les Indous. A peine furent-elles entrées dans une maison destinée aux souris, qu'elles y prétendirent les premières places. L'une prétendait se souvenir d'avoir été autrefois un fameux bramin[2] sur la côte de Malabar[3]; l'autre protestait qu'elle avait été une belle dame du même pays, avec de longues oreilles. Elles firent tant les insolentes, que les souris indiennes ne purent les souffrir. Voilà une guerre civile. On donna sans quartier sur ces deux franguis[4], qui voulaient faire la loi aux autres; au lieu d'être mangées par les chats, elles furent étranglées par leurs propres sœurs.

On a beau aller loin pour éviter le péril; si on n'est modeste et sensé, on va chercher son malheur bien loin : autant vaudrait-il le trouver chez soi.

XIII. LE FANTASQUE.

Qu'est-il donc arrivé de funeste à Mélanthe? Rien au dehors, tout au dedans. Ses affaires vont

1 Grande ville de l'Indostan.

2 *Bramin*, voy. page 15, note 2.

3 *Malabar*, province de l'Indostan.

4 Les Orientaux donnent à tous les Européens le nom de *francs* ou de *franguis*.

à souhait; tout le monde cherche à lui plaire. Quoi donc ? c'est que sa rate [1] fume. Il se coucha hier les délices du genre humain : ce matin, on est honteux pour lui, il faut le cacher. En se levant, le pli d'un chausson lui a déplu : toute la journée sera orageuse, et tout le monde en souffrira. Il fait peur, il fait pitié : il pleure comme un enfant, il rugit comme un lion. Une vapeur maligne et farouche trouble et noircit son imagination, comme l'encre de son écritoire barbouille ses doigts. N'allez pas lui parler des choses qu'il aimait le mieux il n'y a qu'un moment : par la raison qu'il les a aimées, il ne les saurait plus souffrir. Les parties de divertissement qu'il a tant désirées lui deviennent ennuyeuses, il faut les rompre. Il cherche à contredire, à se plaindre, à piquer les autres; il s'irrite de voir qu'ils ne veulent point se fâcher. Souvent il porte ses coups en l'air, comme un taureau furieux qui de ses cornes aiguisées va se battre contre les vents. Quand il manque de prétexte pour attaquer les autres, il se tourne contre lui-même : il se blâme, il ne se trouve bon à rien, il se décourage; il trouve fort mauvais qu'on veuille le consoler. Il veut être seul, et ne peut supporter la solitude. Il revient à la compagnie, et s'aigrit contre elle. On se tait : ce silence affecté le choque. On parle tout bas : il s'imagine que c'est contre lui. On parle tout haut : il trouve qu'on parle trop, et qu'on est trop gai pendant qu'il est triste. On est triste : cette tristesse lui paraît un reproche de ses fautes. On rit

[1] *Rate*, partie du corps humain qui a de l'influence sur notre caractère.

il soupçonne qu'on se moque de lui. Que faire? Etre aussi ferme et aussi patient qu'il est insupportable, et attendre en paix qu'il revienne demain aussi sage qu'il était hier. Cette humeur étrange s'en va comme elle vient. Quand elle le prend, on dirait que c'est un ressort de machine qui se démonte tout à coup; il est comme on dépeint les possédés; sa raison est comme à l'envers : c'est la déraison elle-même en personne. Poussez-le, vous lui ferez dire en plein jour qu'il est nuit; car il n'y a plus ni jour ni nuit pour une tête démontée par son caprice. Quelquefois il ne peut s'empêcher d'être étonné de ses excès et de ses fougues. Malgré son chagrin, il sourit des paroles extravagantes qui lui ont échappé. Mais quel moyen de prévoir ces orages, et de conjurer la tempête? Il n'y en a aucun; point de bons almanachs pour prédire ce mauvais temps. Gardez-vous bien de dire : « Demain nous irons nous divertir dans un tel jardin; » l'homme d'aujourd'hui ne sera point celui de demain; celui qui vous promet maintenant disparaîtra tantôt : vous ne saurez plus où le prendre pour le faire souvenir de sa parole; en sa place, vous trouverez un je ne sais quoi qui n'a ni forme ni nom, qui n'en peut avoir, et que vous ne sauriez définir deux instants de suite de la même manière. Etudiez-le bien, puis dites-en tout ce qu'il vous plaira : il ne sera plus vrai le moment d'après que vous l'aurez dit. Ce je ne sais quoi veut et ne veut pas; il menace, il tremble; il mêle des hauteurs ridicules avec des bassesses indignes. Il pleure, il rit; il badine, il est furieux. Dans sa fureur la plus bizarre et la plus insensée, il est plaisant, éloquent, subtil, plein de tours nouveaux, quoiqu'il ne lui reste pas seulement une ombre de raison. Prenez bien garde de ne lui rien dire qui ne soit juste, précis et exactement raisonnable : il saurait bien en prendre avantage, et vous donner adroitement le change ; il passerait d'abord de son tort au vôtre, et deviendrait raisonnable pour le seul plaisir de vous convaincre que vous ne l'êtes pas. C'est un rien qui l'a fait monter jusques aux nues ; mais ce rien qu'est-il devenu ? il s'est perdu dans la mêlée ; il n'en est plus question : il ne sait plus ce qui l'a fâché, il sait seulement qu'il se fâche et qu'il veut se fâcher ; encore même ne le sait-il pas toujours. Il s'imagine souvent que tous ceux qui lui parlent sont emportés, et que c'est lui qui se modère, comme un homme qui a la jaunisse croit que tous ceux qu'il voit sont jaunes, quoique le jaune ne soit que dans ses yeux. Mais peut-être qu'il épargnera certaines personnes auxquelles il doit plus qu'aux autres, ou qu'il paraît aimer davantage ? Non, sa bizarrerie ne connaît personne : elle se prend sans choix à tout ce qu'elle trouve ; le premier venu lui est bon pour se décharger : tout lui est égal, pourvu qu'il se fâche ; il dirait des injures à tout le monde. Il n'aime plus les gens, il n'en est point aimé ; on le persécute, on le trahit ; il ne doit rien à qui que ce soit. Mais attendez un moment, voici une autre scène. Il a besoin de tout le monde ; il aime, on l'aime aussi ; il flatte, il s'insinue, il ensorcelle tous ceux qui ne pouvaient plus le souffrir ; il avoue son tort, il rit de ses bizarreries, il se contrefait ; et vous croiriez que c'est lui-même dans ses accès d'emportement, tant il se contrefait bien. Après cette comédie, jouée à ses propres dépens, vous croyez bien qu'au moins il ne fera plus le démoniaque. Hélas! vous vous trompez : il le fera encore ce soir, pour s'en moquer demain, sans se corriger.

XIV. ARISTÉE ET VIRGILE [1].

Virgile, étant descendu aux enfers, entra dans ces campagnes fortunées où les héros et les hommes inspirés des dieux passent une vie bienheureuse sur des gazons toujours émaillés de fleurs et entrecoupés de mille ruisseaux.

D'abord le berger Aristée, qui était là au nombre des demi-dieux, s'avança vers lui, ayant appris son nom. « Que j'ai de joie, lui dit-il, de voir un si grand poëte! Vos vers coulent plus doucement que la rosée sur l'herbe tendre; ils ont une harmonie si douce, qu'ils attendrissent le cœur, et qu'ils tirent les larmes des yeux. Vous en avez fait pour moi et pour mes abeilles, dont Homère [2] même pourrait être jaloux. Je vous dois, autant qu'au Soleil et à Cyrène [3], la gloire dont je jouis. Il n'y a pas encore longtemps que je les récitai, ces vers si tendres et si gracieux, à Linus [4], à Hésiode [5] et à Homère. Après les avoir entendus, ils allè-

[1] *Virgile* est le prince des poëtes latins, et *Aristée* est un berger dont Virgile a parlé dans les *Géorgiques*, l'un de ses poëmes.

[2] Le plus célèbre des poëtes grecs.

[3] *Cyrène* était la mère d'Aristée.

[4] Poëte inspiré, fils d'Apollon et d'une Muse.

[5] L'un des plus anciens poëtes grecs.

rent tous trois boire de l'eau du fleuve Léthé[1], pour les oublier, tant ils étaient affligés de repasser dans leur mémoire des vers si dignes d'eux, qu'ils n'avaient pas faits. Vous savez que la nation des poëtes est jalouse. Venez donc parmi eux prendre votre place. — Elle sera bien mauvaise, cette place, répondit Virgile, puisqu'ils sont si jaloux. J'aurai de mauvaises heures à passer dans leur compagnie; je vois bien que vos abeilles n'étaient pas plus faciles à irriter que le cœur des poëtes.— Il est vrai, reprit Aristée; ils bourdonnent comme les abeilles; comme elles, il ont un aiguillon perçant, pour piquer tout ce qui enflamme leur colère.— J'aurai encore, dit Virgile, un autre grand homme à ménager ici; c'est le divin Orphée[2]. Comment vivez-vous ensemble? —Assez mal, répondit Aristée. Il est encore jaloux de sa femme, comme les trois autres de la gloire des vers; mais pour vous, il vous recevra bien, car vous l'avez traité honorablement, et vous avez parlé beaucoup plus sagement qu'Ovide[3] de sa querelle avec les femmes de Thrace, qui le massacrèrent. Mais ne tardons pas davantage; entrons dans ce petit bois sacré, arrosé de tant de fontaines plus claires que le cristal: vous verrez que toute la troupe sacrée se lèvera pour vous faire honneur. N'entendez-vous pas déjà la lyre d'Orphée? Ecoutez Linus[4], qui chante le combat des

[1] Fleuve des Enfers, dont les eaux faisaient perdre tous les souvenirs.

[2] Musicien et poëte célèbre, dont la femme, Eurydice, fut enlevée par le roi des Enfers.

[3] Poëte latin du siècle d'Auguste.

[4] *Linus*, poëte grec.

dieux contre les géants. Homère se prépare à chanter Achille qui venge la mort de Patrocle par celle d'Hector [1]. Mais Hésiode [2] est celui que vous avez le plus à craindre ; car, de l'humeur dont il est, il sera bien fâché que vous ayez osé traiter avec tant d'élégance toutes les choses rustiques, qui ont été son partage.» A peine Aristée eut achevé ces mots, qu'ils arrivèrent dans cet ombrage frais, où règne un éternel enthousiasme qui possède ces hommes divins. Tous se levèrent ; on fit asseoir Virgile, on le pria de chanter ses vers. Il les chanta d'abord avec modestie, et puis avec transport. Les plus jaloux sentirent malgré eux une douceur qui les ravissait. La lyre d'Orphée, qui avait enchanté les rochers et les bois, échappa de ses mains, et des larmes amères coulèrent de ses yeux. Homère oublia pour un moment la magnificence rapide de l'Iliade et la variété agréable de l'Odyssée [3]. Linus crut que ces beaux vers avaient été faits par son père Apollon ; il était immobile, saisi, et suspendu par un si doux chant. Hésiode, tout ému, ne pouvait résister à ce charme. Enfin, revenant un peu à lui, il prononça ces paroles pleines de jalousie et d'indignation : «O Virgile ! tu as fait des vers plus durables que l'airain et que le bronze. Mais je te prédis qu'un jour on

1 *Patrocle*, ami d'*Achille*, fut tué par *Hector*, guerrier troyen. Achille, pour venger son ami, alla combattre Hector et le tua. Homère a chanté ces événements dans un grand poëme appelé l'*Iliade*, qui est le récit du siége et de la ruine de Troie, ou *Ilion*.

2 *Hésiode*, poëte grec.

3 L'*Odyssée*, autre poëme d'Homère, contient le récit des traverses qu'Ulysse, un des rois qui prirent Troie, éprouva en retournant dans ses États, après la ruine de cette ville.

verra un enfant qui les traduira en sa langue, et qui partagera avec toi la gloire d'avoir chanté les Abeilles. »

XV. LA MÉDAILLE [1].

Je crois, Monsieur, que je ne dois point perdre de temps pour vous informer d'une chose très-curieuse, et sur laquelle vous ne manquerez pas de faire bien des réflexions. Nous avons en ce pays un savant nommé M. Wanden, qui a de grandes correspondances avec les antiquaires [2] d'Italie. Il prétend avoir reçu par eux une médaille antique, que je n'ai pu voir jusqu'ici, mais dont il a fait frapper des copies [3] qui sont très-bien faités, et qui se répandront bientôt, selon les apparences, dans tous les pays où il y a des curieux. J'espère que dans peu de jours je vous en enverrai une. En attendant, je vais vous en faire la plus exacte description que je pourrai.

D'un côté, cette médaille, qui est fort grande, représente un enfant d'une figure très-belle et très-noble ; on voit Pallas qui le couvre de son égide [4];

[1] Pièce de métal fabriquée en l'honneur d'une personne illustre, ou pour conserver le souvenir d'une action mémorable, d'un événement, d'une entreprise.

[2] *Antiquaire*, celui qui est savant dans la connaissance des monuments antiques, comme statues, médailles, etc.

[3] *Frapper*, parce que les médailles se font à l'aide d'une machine appelée *balancier*, qui frappe un grand coup pour exécuter chaque médaille.

[4] *Pallas* est la même que *Minerve*. Voy. page 21, note 4. On la représentait en guerrière avec un bouclier qu'on appelait *égide*.

en même temps les trois Grâces[1] sèment son chemin de fleurs ; Apollon, suivi des Muses, lui offre sa lyre ; Vénus[2] paraît en l'air dans son char attelé de colombes, qui laisse tomber sur lui sa ceinture[3] ; la Victoire[4] lui montre d'une main un char de triomphe, et de l'autre lui présente une couronne. Les paroles sont prises d'Horace[5] : *Non sine dîs animosus infans*[6].

Le revers est bien différent. Il est manifeste que c'est le même enfant ; car on reconnaît d'abord le même air de tête ; mais il n'a autour de lui que des masques grotesques et hideux, des reptiles venimeux, comme des vipères et des serpents, des insectes, des hiboux, enfin des Harpies[7] sales, qui répandent de l'ordure de tous côtés, et qui déchirent tout avec leurs ongles crochus. Il y a une troupe de Satyres[8] impudents et moqueurs, qui font les postures les plus bizarres, qui rient, et qui montrent du doigt la queue d'un poisson monstrueux, par où finit le corps de ce bel enfant. Au bas on lit ces paroles, qui, comme vous savez, sont aussi d'Horace : *Turpiter atrum desinit in piscem*[9].

Les savants se donnent beaucoup de peine pour

1 *Grâces*, voyez page 20, note 4.
2 Sur *Apollon*, voyez page 21, note 3 ; *les Muses*, page 11, note 3 ; *Vénus*, page 20, note 4, et page 29, note 2.
3 Sur la *ceinture de Vénus*, voyez page 29, note 2.
4 Divinité de la fable.
5 Célèbre poëte latin.
6 Enfant courageux, grâce à la protection des dieux.
7 Monstres qui avaient le visage d'une femme et le corps d'un vautour.
8 *Satyres*, voyez page 23, note 1.
9 Il se termine en un hideux poisson.

découvrir en quelle occasion cette médaille a pu être frappée dans l'antiquité. Quelques-uns soutiennent qu'elle représente Caligula[1], qui, étant fils de Germanicus[2], avait donné, dans son enfance, de hautes espérances pour le bonheur de l'empire, mais qui, dans la suite, devint un monstre. D'autres veulent que tout ceci ait été fait pour Néron[3], dont les commencements furent si heureux, et la fin si horrible. Les uns et les autres conviennent qu'il s'agit d'un jeune prince éblouissant, qui promettait beaucoup, et dont toutes les espérances ont été trompeuses. Mais il y en a d'autres, plus défiants, qui ne croient point que cette médaille soit antique. Le mystère que fait M. Wanden pour cacher l'original donne de grands soupçons. On s'imagine voir quelque chose de notre temps figuré dans cette médaille : peut-être signifie-t-elle de grandes espérances qui se tourneront en de grands malheurs : il semble qu'on affecte de faire entrevoir malignement quelque jeune prince dont on tâche de rabaisser toutes les bonnes qualités par des défauts qu'on lui impute. D'ailleurs, M. Wanden n'est pas seulement curieux, il est encore politique, fort attaché au prince d'Orange[4], et on soupçonne que c'est d'intelligence avec lui qu'il veut répandre cette médaille dans toutes les cours de l'Europe. Vous jugerez bien mieux que moi, Monsieur, ce qu'il en faut croire.

[1] *Caligula*, empereur romain.

[2] Fils adoptif de Tibère, autre empereur romain.

[3] Fils adoptif et successeur de Claude, qui avait succédé à Caligula.

[4] Le *prince d'Orange*, stathouder ou chef du gouvernement de Hollande, était alors en guerre avec la France.

Il me suffit de vous avoir fait part de cette nouvelle, qui fait raisonner ici avec beaucoup de chaleur tous nos gens de lettres, et de vous assurer que je suis toujours votre très-humble et très-obéissant serviteur. BAYLE [1].

D'Amsterdam [2], *le* 4 *mai* 1691.

XVI. PRIÈRE INDISCRÈTE DE NÉLÉE, PETIT-FILS DE NESTOR [3].

Entre tous les mortels qui avaient été aimés des dieux, nul ne leur avait été plus cher que Nestor ; ils avaient versé sur lui leurs dons les plus précieux, la sagesse, la profonde connaissance des hommes, une éloquence douce et insinuante. Tous les Grecs l'écoutaient avec admiration ; et, dans une extrême vieillesse, il avait un pouvoir absolu sur les cœurs et sur les esprits. Les dieux, avant la fin de ses jours, voulurent lui accorder encore une faveur, qui fut de voir naître un fils de Pisistrate [4]. Quand il vint au monde, Nestor le prit sur ses genoux, et levant les yeux au ciel : « O Pallas [5] ! dit-il, vous avez comblé la mesure de vos bienfaits ; je n'ai plus rien à souhaiter sur la terre, sinon que vous remplissiez de votre esprit

[1] Célèbre érudit, né en France, mais qui passa presque toute sa vie en Hollande, où il professa la philosophie.

[2] Ville capitale de la Hollande.

[3] *Nestor*, roi de Pylos, le plus âgé des héros de l'*Iliade* et le plus célèbre par sa sagesse et son éloquence.

[4] Un des sept fils de Nestor.

[5] *Pallas* est la même que Minerve. — Voyez page 21, note 4.

l'enfant que vous m'avez fait voir. Vous ajouterez, j'en suis sûr, puissante déesse, cette faveur à toutes celles que j'ai reçues de vous. Je ne demande point de voir le temps où mes vœux seront exaucés ; la terre m'a porté trop longtemps ; coupez, fille de Jupiter, le fil de mes jours [1]. » Ayant prononcé ces mots, un doux sommeil se répand sur ses yeux, il fut uni avec celui de la mort ; et, sans effort, sans douleur, son âme quitta son corps glacé, et presque anéanti par trois âges d'homme qu'il avait vécu.

Ce petit-fils de Nestor s'appelait Nélée. Nestor, à qui la mémoire de son père avait toujours été chère, voulut qu'il portât son nom. Quand Nélée fut sorti de l'enfance, il alla faire un sacrifice à Minerve, dans un bois proche de la ville de Pylos [2], qui était consacré à cette déesse. Après que les victimes, couronnées de fleurs, eurent été égorgées, pendant que ceux qui l'avaient accompagné s'occupaient aux cérémonies qui suivaient l'immolation, que les uns coupaient du bois, que les autres faisaient sortir le feu des veines des cailloux, qu'on écorchait les victimes, et qu'on les coupait en plusieurs morceaux, tous étant éloignés de l'autel, Nélée était demeuré auprès. Tout d'un coup il entendit la terre trembler ; du creux des arbres sortaient d'affreux mugissements ; l'autel paraissait en feu, et sur le haut des flammes parut une femme d'un air si majes-

1 Les anciens supposaient que la vie de chaque homme dépendait d'un fil qui était entre les mains de déesses nommées les *Parques ;* aussitôt que ce fil était coupé, la vie finissait.

2 Ville de la Grèce.

tueux et si vénérable, que Nélée en fut ébloui. Sa figure était au-dessus de la forme humaine : ses regards étaient plus perçants que les éclairs ; sa beauté n'avait rien de mou ni d'efféminé : elle était pleine de grâces, et marquait de la force et de la vigueur. Nélée, ressentant l'impression de la divinité, se prosterne à terre : tous ses membres se trouvent agités par un violent tremblement ; son sang se glace dans ses veines ; sa langue s'attache à son palais et ne peut plus proférer aucune parole ; il demeure interdit, immobile et presque sans vie. Alors Pallas lui rend la force qui l'avait abandonné. « Ne craignez rien, lui dit cette déesse ; je suis descendue du haut de l'Olympe pour vous témoigner le même amour que j'ai fait ressentir à votre aïeul Nestor : je mets votre bonheur dans vos mains, j'exaucerai tous vos vœux ; mais pensez attentivement à ce que vous me devez demander. » Alors Nélée, revenu de son étonnement, et charmé par la douceur des paroles de la déesse, sentit au dedans de lui la même assurance que s'il n'eût été que devant une personne mortelle. Il était à l'entrée de la jeunesse : dans cet âge où les plaisirs qu'on commence à ressentir occupent et entraînent l'âme tout entière, on n'a point encore connu l'amertume, suite inséparable des plaisirs ; on n'a point encore été instruit par l'expérience. « O déesse ! s'écria-t-il, si je puis toujours goûter la douceur de la volupté, tous mes souhaits seront accomplis. » L'air de la déesse était auparavant gai et ouvert ; à ces mots, elle en prit un froid et sérieux : « Tu ne comptes, lui dit-elle, que ce qui flatte les sens ; eh bien, tu vas être rassasié des plaisirs que ton cœur désire. » La déesse aussitôt disparut. Nélée quitte l'autel et reprend le chemin de Pylos. Il voit sous ses pas naître et éclore des fleurs d'une odeur si délicieuse, que les hommes n'avaient jamais ressenti un si précieux parfum. Le pays s'embellit et prend une forme qui charme les yeux de Nélée. La beauté des Grâces[1], compagnes de Vénus, se répand sur toutes les femmes qui paraissent devant lui. Tout ce qu'il boit devient nectar, tout ce qu'il mange devient ambroisie [2]; son âme se trouve noyée dans un océan de plaisirs [3]. La volupté s'empare du cœur de Nélée, il ne vit plus que pour elle; il n'est plus occupé que d'un seul soin qui est que les divertissements se succèdent toujours les uns aux autres, et qu'il n'y ait pas un seul moment où ses sens ne soient agréablement charmés. Plus il goûte les plaisirs, plus il les souhaite ardemment. Son esprit s'amollit et perd toute sa vigueur ; les affaires lui deviennent un poids d'une pesanteur horrible; tout ce qui est sérieux lui donne un chagrin mortel. Il éloigne de ses yeux les sages conseillers qui avaient été formés par Nestor, et qui étaient regardés comme le plus précieux héritage que ce prince eût laissé à son petit-fils. La raison, les remontrances utiles deviennent l'objet de son aversion la plus vive, et il frémit si quelqu'un ouvre la bouche devant lui pour lui donner un sage conseil. Il fait bâtir un magnifique palais, où on ne voit luire que l'or,

1 *Grâces*, voyez page 20, note 4.

2 Sur le *nectar*, voy. page 13, note 3.—L'*ambroisie* était la nourriture des dieux.

3 C'est-à-dire dans des plaisirs infinis, parce que l'*Océan* est une mer d'une grande étendue.

l'argent et le marbre, où tout est prodigué pour contenter les yeux et appeler le plaisir. Le fruit de tant de soins pour se satisfaire, c'est l'ennui, l'inquiétude. A peine a-t-il ce qu'il souhaite, qu'il s'en dégoûte : il faut qu'il change souvent de demeure, qu'il coure sans cesse de palais en palais, qu'il abatte et qu'il réédifie. Le beau, l'agréable ne le touchent plus ; il lui faut du singulier, du bizarre, de l'extraordinaire : tout ce qui est naturel et simple lui paraît insipide, et il tombe dans un tel engourdissement, qu'il ne vit plus, qu'il ne sent plus que par secousse, par soubresaut [1]. Pylos, sa capitale, change de face. On y aimait le travail ; on y honorait les dieux ; la bonne foi régnait dans le commerce ; tout y était dans l'ordre ; et le peuple même trouvait dans les occupations utiles, qui se succédaient sans l'accabler, l'aisance et la paix. Un luxe effréné prend la place de la décence et des vraies richesses ; tout y est prodigué aux vains agréments, aux commodités recherchées. Les maisons, les jardins, les édifices publics changent de forme ; tout y devient singulier ; le grand, le majestueux, qui sont toujours simples, ont disparu. Mais ce qui est encore plus fâcheux, les habitants, à l'exemple de Nélée, n'aiment, n'estiment, ne recherchent que la volupté : on la poursuit aux dépens de l'innocence et de la vertu ; on s'agite, on se tourmente pour saisir une ombre vaine et fugitive de bonheur, et l'on en perd le repos et la tranquillité ; personne n'est content, parce qu'on veut l'être trop, parce qu'on ne sait rien souffrir

[1] *Soubresaut*, saut subit, inopiné et à contre-temps.

ni rien attendre. L'agriculture et les autres arts utiles sont devenus presque avilissants : ce sont ceux que la mollesse a inventés qui sont en honneur, qui mènent à la richesse, et auxquels on prodigue des encouragements. Les trésors que Nestor et Pisistrate avaient amassés sont bientôt dissipés ; les revenus de l'Etat deviennent la proie de l'étourderie et de la cupidité. Le peuple murmure, les grands se plaignent ; les sages seuls gardent quelque temps le silence : ils parlent enfin, et leur voix respecteuse se fait entendre à Nélée. Ses yeux s'ouvrent, son cœur s'attendrit. Il a encore recours à Minerve : il se plaint à la déesse de sa facilité à exaucer ses vœux téméraires ; il la conjure de retirer ses dons perfides : il lui demande la sagesse et la justice. « Que j'étais aveugle ! s'écria-t-il ; mais je connais mon erreur, je déteste la faute que j'ai faite ; je veux la réparer, et chercher dans l'application à mes devoirs, dans le soin de soulager mon peuple, et dans l'innocence et la pureté des mœurs, le repos et le bonheur que j'ai vainement cherchés dans les plaisirs des sens. »

XVII. VOYAGE DANS L'ILE DES PLAISIRS.

Après avoir longtemps vogué sur la mer Pacifique [1], nous aperçûmes de loin une île de sucre avec des montagnes de compote, des rochers de

[1] La *Mer Pacifique* ou mer du Sud, est la mer qui s'étend entre l'Amérique et l'Asie.

sucre candi et de caramel, et des rivières de sirop qui coulaient dans la campagne. Les habitants, qui étaient fort friands, léchaient tous les chemins, et suçaient leurs doigts après les avoir trempés dans les fleuves. Il y avait aussi des forêts de réglisse, et de grands arbres d'où tombaient des gaufres, que le vent emportait dans la bouche des voyageurs, si peu qu'elle fût ouverte. Comme tant de douceurs nous parurent fades, nous voulûmes passer en quelque autre pays, où l'on pût trouver des mets d'un goût plus relevé. On nous assura qu'il y avait, à dix lieues de là, une autre île où il y avait des mines de jambons, de saucisses et de ragoûts poivrés. On les creusait comme on creuse les mines d'or dans le Pérou [1]. On y trouvait aussi des ruisseaux de sauces à l'oignon. Les murailles des maisons sont de croûte de pâté. Il y pleut du vin couvert [2] quand le temps est chargé; et dans les plus beaux jours, la rosée du matin est toujours de vin blanc, semblable au vin grec ou à celui de Saint-Laurent [3]. Pour passer dans cette île, nous fîmes mettre sur le port de celle d'où nous voulions partir, douze hommes d'une grosseur prodigieuse, et qu'on avait endormis: ils soufflaient si fort en ronflant, qu'ils remplirent nos voiles d'un vent favorable. A peine fûmes-nous arrivés dans l'autre île, que nous trouvâmes sur le rivage des marchands qui vendaient de l'appétit; car on en manquait souvent parmi tant de ragoûts. Il

[1] Contrée de l'Amérique méridionale, où se trouvent beaucoup de mines d'or et d'argent.

[2] Vin très-fort en couleur.

[3] *Saint-Laurent*, petite ville du département de l'Hérault, près de Lunel, célèbre par ses vins muscats.

y avait aussi d'autres gens qui vendaient le sommeil. Le prix en était réglé tant par heure ; mais il y avait des sommeils plus chers les uns que les autres, à proportion des songes qu'on voulait avoir. Les plus beaux songes étaient fort chers. J'en demandai des plus agréables pour mon argent ; et, comme j'étais las, j'allai d'abord me coucher. Mais à peine fus-je dans mon lit, que j'entendis un grand bruit ; j'eus peur, et je demandai du secours. On me dit que c'était la terre qui s'entr'ouvrait. Je crus être perdu ; mais on me rassura, en me disant qu'elle s'entr'ouvrait ainsi toutes les nuits à une certaine heure, pour vomir avec grand effort des ruisseaux bouillants de chocolat moussé, et des liqueurs glacées de toutes les façons. Je me levai à la hâte pour en prendre ; elles étaient délicieuses. Ensuite je me recouchai, et, dans mon sommeil, je crus voir que tout le monde était de cristal, que les hommes se nourrissaient de parfums quand il leur plaisait, qu'ils ne pouvaient marcher qu'en dansant, ni parler qu'en chantant, qu'ils avaient des ailes pour fendre les airs, et des nageoires pour passer les mers. Mais ces hommes étaient comme des pierres à fusil ; on ne pouvait les choquer qu'aussitôt ils ne prissent feu. Ils s'enflammaient comme une mèche, et je ne pouvais m'empêcher de rire, voyant combien ils étaient faciles à émouvoir. Je voulus demander à l'un d'eux pourquoi il paraissait si animé : il me répondit, en me montrant le poing, qu'il ne se mettait jamais en colère.

A peine fus-je éveillé, qu'il vint un marchand d'appétit, me demandant de quoi je voulais avoir faim, si je voulais qu'il me vendît des relais d'estomac pour manger toute la journée. J'acceptai la condition. Pour mon argent, il me donna douze petits sachets de taffetas que je mis sur moi, et qui devaient me servir comme douze estomacs, pour digérer sans peine douze grands repas en un jour. A peine eus-je pris les douze sachets, que je commençai à mourir de faim. Je passai ma journée à faire douze festins délicieux. Dès qu'un repas était fini, la faim me reprenait, et je ne lui donnais pas le temps de me presser. Mais, comme j'avais une faim avide, on remarqua que je ne mangeais pas proprement : les gens du pays sont d'une délicatesse et d'une propreté exquises. Le soir, je fus lassé d'avoir passé toute la journée à table, comme un cheval à son râtelier. Je pris la résolution de faire tout le contraire le lendemain, et de ne me nourrir que de bonnes odeurs. On me donna à déjeuner de la fleur d'orange. A dîner, ce fut une nourriture plus forte : on me servit des tubéreuses [1] et puis des peaux d'Espagne [2]. Je n'eus que des jonquilles à la collation. Le soir, on me donna à souper de grandes corbeilles pleines de toutes les fleurs odoriférantes, et on y ajouta des cassolettes de toutes sortes de parfums. La nuit, j'eus une indigestion, pour avoir trop senti tant d'odeurs nourrissantes. Le jour suivant, je jeûnai, pour me délasser de la fatigue des plaisirs de la table. On me dit qu'il y avait en ce pays-là une ville toute singulière, et on me promit de m'y

[1] Fleur blanche et très-odoriférante, qui vient sur une haute tige.

[2] Espèce de peaux parfumées, qui se préparaient autrefois en Espagne.

mener par une voiture qui m'était inconnue. On me mit dans une petite chaise[1] de bois fort léger et toute garnie de grandes plumes, et on attacha à cette chaise, avec des cordes de soie, quatre grands oiseaux, grands comme des autruches, qui avaient des ailes proportionnées à leur corps. Ces oiseaux prirent d'abord leur vol. Je conduisis les rênes du côté de l'orient, qu'on m'avait marqué. Je voyais à mes pieds les hautes montagnes, et nous volâmes si rapidement, que je perdais presque l'haleine en fendant le vague de l'air. En une heure nous arrivâmes à cette ville si renommée. Elle est toute de marbre, et elle est grande trois fois comme Paris. Toute la ville n'est qu'une seule maison. Il y a vingt-quatre grandes cours, dont chacune est grande comme le plus grand palais du monde; et au milieu de ces vingt-quatre cours, il y en a une vingt-cinquième qui est six fois plus grande que chacune des autres. Tous les logements de cette maison sont égaux, car il n'y a point d'inégalité de condition entre les habitants de cette ville. Il n'y a là ni domestiques, ni petit peuple; chacun se sert soi-même, personne n'est servi : il y a seulement des Souhaits, qui sont de petits esprits follets et voltigeants, qui donnent à chacun tout ce qu'il désire dans le moment même. En arrivant, je reçus un de ces esprits qui s'attacha à moi, et qui ne me laissa manquer de rien : à peine me donnait-il le temps de désirer. Je commençais même à être fatigué des nouveaux désirs que cette liberté de me contenter excitait sans cesse en moi, et je compris, par expérience, qu'il valait

[1] *Chaise* roulante, espèce de voiture.

mieux se passer des choses superflues, que d'être sans cesse dans de nouveaux désirs, sans pouvoir jamais s'arrêter à la jouissance tranquille d'aucun plaisir. Les habitants de cette ville étaient polis, doux et obligeants. Ils me reçurent comme si j'avais été l'un d'entre eux. Dès que je voulais parler, ils devinaient ce que je voulais, et le faisaient, sans attendre que je m'expliquasse. Cela me surprit, et j'aperçus qu'ils ne parlaient jamais entre eux: ils lisent dans les yeux les uns des autres tout ce qu'ils pensent, comme on lit dans un livre; quand ils veulent cacher leurs pensées, ils n'ont qu'à fermer les yeux. Ils me menèrent dans une salle où il y eut une musique de parfums. Ils assemblent les parfums comme nous assemblons les sons. Un certain assemblage de parfums, les uns plus forts, les autres plus doux, fait une harmonie qui chatouille l'odorat, comme nos concerts flattent l'oreille par des sons tantôt graves et tantôt aigus. En ce pays-là, les femmes gouvernent les hommes; elles jugent les procès, elles enseignent les sciences et vont à la guerre. Les hommes s'y fardent, s'y ajustent depuis le matin jusqu'au soir; ils filent, ils cousent, ils travaillent à la broderie, et ils craignent d'être battus par leurs femmes quand ils ne leur ont pas obéi. On dit que la chose se passait autrement il y a un certain nombre d'années; mais les hommes, servis par les Souhaits, sont devenus si lâches, si paresseux et si ignorants, que les femmes furent honteuses de se laisser gouverner par eux. Elles s'assemblèrent pour réparer les maux de la république. Elles firent des écoles publiques, où les personnes de leur sexe qui avaient le plus d'esprit se mirent à étudier. Elles désarmèrent leurs maris, qui ne demandaient pas mieux que de n'aller jamais aux coups. Elles les débarrassèrent de tous les procès à juger, veillèrent à l'ordre public, établirent des lois, les firent observer, et sauvèrent la chose publique, dont l'inapplication, la légèreté, la mollesse des hommes auraient sûrement causé la ruine totale. Touché de ce spectacle, et fatigué de tant de festins et d'amusements, je conclus que les plaisirs des sens, quelque variés, quelque faciles qu'ils soient, avilissent et ne rendent point heureux. Je m'éloignai donc de ces contrées, en apparence si délicieuses, et, de retour chez moi, je trouvai dans une vie sobre, dans un travail modéré, dans des mœurs pures, dans la pratique de la vertu, le bonheur et la santé que n'avaient pu me procurer la continuité de la bonne chère et la variété des plaisirs.

XVIII. LES ABEILLES ET LES VERS A SOIE.

Un jour les Abeilles montèrent jusque dans l'Olympe [1], au pied du trône de Jupiter [2], pour le prier d'avoir égard aux soins qu'elles avaient pris de son enfance, quand elles le nourrirent de leur miel sur le mont Ida [3]. Jupiter voulut leur accor-

[1] *Olympe*, célèbre montagne de la Grèce, au sommet de laquelle Jupiter résidait, dit-on, avec sa cour. On la prenait pour le ciel même.

[2] *Jupiter*, voy. page 11, note 1.

[3] Montagne de l'île de Crète, sur laquelle Jupiter avait été allaité par la chèvre Amalthée et nourri par des abeilles.

der les premiers honneurs entre tous les petits animaux ; mais Minerve [1], qui préside aux arts, lui représenta qu'il y avait une autre espèce qui disputait aux Abeilles la gloire des inventions utiles. Jupiter voulut en savoir le nom. « Ce sont les Vers à soie, répondit-elle. » Aussitôt le père des dieux ordonna à Mercure [2] de faire venir sur les ailes des doux Zéphyrs [3] des députés de ce petit peuple, afin qu'on pût entendre les raisons des deux parties. L'Abeille ambassadrice de sa nation représenta la douceur du miel, qui est le nectar des hommes, son utilité, l'artifice avec lequel il est composé; puis elle vanta la sagesse des lois qui policent la république volante des Abeilles. « Nulle autre espèce d'animaux, disait l'orateur, n'a cette gloire, et c'est une récompense d'avoir nourri dans un antre le père des dieux. De plus, nous avons en partage la valeur guerrière, quand notre roi anime nos troupes dans les combats. Comment est-ce que ces Vers, insectes vils et méprisables, oseraient nous disputer le premier rang ? Ils ne savent que ramper, pendant que nous prenons un noble essor, et que de nos ailes dorées nous montons jusque vers les astres. » Le harangueur des Vers à soie répondit : « Nous ne sommes que de petits vers, et nous n'avons ni ce grand courage pour la guerre, ni ces sages lois; mais chacun de nous montre les merveilles de la nature et se consume dans un travail utile. Sans lois, nous vivons en paix, et on ne voit jamais de

[1] *Minerve*, voy. page 21, note 4.
[2] *Mercure*, messager des dieux et dieu lui-même.
[3] *Zéphyrs*, vents personnifiés, dont le souffle est à la fois doux et puissant.

guerres civiles chez nous, pendant que les Abeilles s'entre-tuent à chaque changement de roi. Nous avons la vertu de Protée [1] pour changer de forme : tantôt nous sommes de petits vers composés de onze petits anneaux entrelacés avec la variété des plus vives couleurs qu'on admire dans les fleurs d'un parterre. Ensuite nous filons de quoi vêtir les hommes les plus magnifiques jusque sur le trône, et de quoi orner les temples des dieux [2]. Cette parure si belle et si durable vaut bien du miel qui se corrompt bientôt. Enfin nous nous transformons en fève [3], mais en fève qui sent, qui se meut, et qui montre toujours de la vie. Après ces prodiges, nous devenons tout à coup des papillons avec l'éclat des plus riches couleurs. C'est alors que nous ne cédons plus aux Abeilles pour nous élever d'un vol hardi jusque vers l'Olympe. Jugez maintenant, ô père des dieux! « Jupiter, embarrassé pour la décision, déclara enfin que les Abeilles tiendraient le premier rang, à cause des droits qu'elles avaient acquis depuis les anciens temps. « Quel moyen, dit-il, de les dégrader? je leur ai trop d'obligation; mais je crois que les hommes doivent encore plus aux Vers à soie. »

[1] *Protée*, dieu marin qui avait le pouvoir de prendre toutes les formes qu'il voulait.

[2] La soie.

[3] C'est ce qu'on appelle *chrysalide*.

XIX. LE SINGE.

Un vieux Singe malin étant mort, son ombre descendit dans la sombre demeure de Pluton [1], où elle demanda à retourner parmi les vivants. Pluton voulait la renvoyer dans le corps d'un âne pesant et stupide, pour lui ôter sa souplesse, sa vivacité et sa malice; mais elle fit tant de tours plaisants et badins [2], que l'inflexible roi des Enfers ne put s'empêcher de rire, et lui laissa le choix d'une condition. Elle demanda à entrer dans le corps d'un perroquet. « Au moins, disait-elle, je conserverai par là quelque ressemblance avec les hommes, que j'ai si longtemps imités. Etant singe, je faisais des gestes comme eux; et étant perroquet, je parlerai avec eux dans les plus agréables conversations. » A peine l'âme du Singe s'était introduite dans ce nouveau métier [3], qu'une vieille femme causeuse l'acheta. Il fit ses délices; elle le mit dans une belle cage. Il faisait bonne chère, et discourait toute la journée avec la vieille radoteuse, qui ne parlait pas plus sensément que lui. Il joignait à son nouveau talent d'étourdir tout le monde je ne sais quoi de son ancienne profession : il remuait sa tête ridiculement; il faisait craquer son bec; il agitait ses ailes de cent

[1] *Pluton*, roi des Enfers, où il régnait sur les ombres ou âmes des morts. Jamais le jour n'y pénétrait.

[2] *Badins*, folâtres, qui font rire.

[3] *Dans ce nouveau métier*, c'est-à-dire dans le personnage qui devait faire ce nouveau métier.

façons, et faisait de ses pattes plusieurs tours qui sentaient encore les grimaces de Fagotin [1]. La vieille prenait à toute heure ses lunettes pour l'admirer. Elle était bien fâchée d'être un peu sourde, et de perdre quelquefois des paroles de son Perroquet, à qui elle trouvait plus d'esprit qu'à personne. Ce Perroquet gâté devint bavard, importun et fou. Il se tourmenta si fort dans sa cage, et but tant de vin avec la vieille, qu'il en mourut. Le voilà revenu devant Pluton, qui voulut cette fois le faire passer dans le corps d'un poisson, pour le rendre muet : mais il fit encore une farce devant le roi des ombres ; et les princes ne résistent guère aux demandes des mauvais plaisants qui les flattent. Pluton accorda donc à celui-ci qu'il irait dans le corps d'un homme. Mais comme le dieu eut honte de l'envoyer dans le corps d'un homme sage et vertueux, il le destina au corps d'un harangueur ennuyeux et importun, qui mentait, qui se vantait sans cesse, qui faisait des gestes ridicules, qui se moquait de tout le monde, qui interrompait les conversations les plus polies et les plus solides, pour dire des riens ou les sottises les plus grossières. Mercure [2], qui le reconnut dans ce nouvel état, lui dit en riant : « Ho ! ho ! je te reconnais ; tu n'es qu'un composé du Singe et du Perroquet que j'ai vus autrefois. Qui t'ôterait tes gestes et tes paroles apprises par cœur sans jugement, ne laisserait rien de toi. D'un joli

[1] Nom qu'on donne aux singes habillés dont les charlatans et les faiseurs de tours se servent pour amuser la foule, et qu'on applique quelquefois aux faiseurs de tours eux-mêmes.

[2] Messager des dieux, et chargé par Jupiter de conduire les âmes des morts dans les Enfers.

singe et d'un bon perroquet, on n'en fait qu'un sot homme. »

Oh! combien d'hommes dans le monde, avec des gestes façonnés, un petit caquet et un air capable, n'ont ni sens ni conduite!

XX. LE DRAGON ET LES RENARDS.

Un Dragon[1] gardait un trésor dans une profonde caverne; il veillait jour et nuit pour le conserver. Deux Renards, grands fourbes et grands voleurs de leur métier, s'insinuèrent auprès de lui par leurs flatteries. Ils devinrent ses confidents. Les gens les plus complaisants et les plus empressés ne sont pas les plus sûrs. Ils le traitaient de grand personnage, admiraient toutes ses fantaisies, étaient toujours de son avis, et se moquaient entre eux de leur dupe. Enfin il s'endormit un jour au milieu d'eux; ils l'étranglèrent, et s'emparèrent du trésor. Il fallut le partager entre eux: c'était une affaire bien difficile, car deux scélérats ne s'accordent que pour faire le mal. L'un d'eux se mit à moraliser[2]: « A quoi, disait-il, nous servira tout cet argent? un peu de chasse nous vaudrait mieux: on ne mange point du métal, les pistoles[3]

[1] Animal fabuleux que la mythologie supposait chargé de la garde des trésors et des choses précieuses, et qu'elle représentait avec des pattes armées de griffes, une queue de serpent et des ailes.

[2] *Moraliser*, faire des réflexions sur la morale et la sagesse.

[3] Monnaie d'or d'Espagne et d'Italie. En France le mot pistole désignait autrefois une valeur de 10 francs.

sont de mauvaise digestion. Les hommes sont des fous d'aimer tant ces fausses richesses : ne soyons pas aussi insensés qu'eux. » L'autre fit semblant d'être touché de ces réflexions, et assura qu'il voulait vivre en philosophe[1] comme Bias[2], portant tout son bien sur lui. Chacun fait semblant de quitter le trésor : mais ils se dressèrent des embûches et s'entre-déchirèrent. L'un d'eux en mourant dit à l'autre, qui était aussi blessé que lui : « Que voulais-tu faire de cet argent ? — La même chose que tu voulais en faire, » répondit l'autre. Un homme passant apprit leur aventure, et les trouva bien fous. « Vous ne l'êtes pas moins que nous, lui dit un des Renards ; vous ne sauriez, non plus que nous, vous nourrir d'argent, et vous vous tuez pour en avoir. Du moins, notre race jusqu'ici a été assez sage pour ne mettre en usage aucune monnaie. Ce que vous avez introduit chez vous pour la commodité fait votre malheur. Vous perdez les vrais biens, pour chercher les biens imaginaires. »

[1] *Philosophe*, voy. page 15, note 1.

[2] L'un des sept sages de la Grèce, né à Priène en Ionie, environ l'an 570 avant Jésus-Christ. Cette ville, se trouvant assiégée par un des généraux de Cyrus, roi de Perse, était sur le point d'être forcée. Les habitants se disposèrent à l'abandonner, et chacun préparait ce qu'il avait de plus précieux pour le sauver. Bias seul ne faisait aucune disposition ; on s'en étonnait : *Je porte tout avec moi*, répondit le philosophe. En effet, il regardait à juste titre comme les véritables richesses, les qualités de l'âme et les vertus qu'il avait cherché à acquérir, et sur lesquelles les accidents ne peuvent avoir de prise.

XXI. LE LIÈVRE QUI FAIT LE BRAVE.

Un Lièvre qui était honteux d'être poltron cherchait quelque occasion de s'aguerrir. Il allait quelquefois par un trou d'une haie dans les choux du jardin d'un paysan, pour s'accoutumer au bruit du village. Souvent même il passait assez près de quelques mâtins [1], qui se contentaient d'aboyer après lui. Au retour de ces grandes expéditions, il se croyait plus redoutable qu'Alcide [2] après tous ses travaux. On dit même qu'il ne rentrait dans son gîte qu'avec des feuilles de laurier, et faisait l'ovation [3]. Il vantait ses prouesses [4] à ses compères les lièvres voisins. Il représentait les dangers qu'il avait courus, les alarmes qu'il avait données aux ennemis, les ruses de guerre qu'il avait faites en expérimenté capitaine, et surtout son intrépidité héroïque. Chaque matin il remerciait Mars et Bellone [5] de lui avoir donné des talents et un courage pour dompter toutes les nations à longues oreilles. Jean Lapin, discourant un jour avec lui, lui dit d'un ton moqueur : « Mon ami, je te voudrais voir avec cette belle fierté au milieu d'une

[1] *Mâtins*, espèce de chiens servant ordinairement à garder une cour.

[2] Alcide ou Hercule, héros, fils de Jupiter, voy. page 18, note 6.

[3] *Ovation*, petit triomphe chez les Romains.

[4] *Prouesse*, acte de valeur, de courage.

[5] *Mars, Bellone*, dieu et déesse de la guerre.

meute de chiens courants[1]. Hercule fuirait bien vite, et ferait une laide contenance.— Moi? répondit notre preux[2] chevalier, je ne reculerais pas, quand toute la gent[3] chienne viendrait m'attaquer. » A peine eut-il parlé, qu'il entendit un petit tournebroche[4] d'un fermier voisin, qui glapissait dans les buissons assez loin de lui. Aussitôt il tremble, il frissonne, il a la fièvre; ses yeux se troublent, comme ceux de Pâris quand il vit Ménélas qui venait ardemment contre lui[5]. Il se précipite d'un rocher escarpé dans une profonde vallée, où il pensa se noyer dans un ruisseau. Jean Lapin, lui voyant faire le saut, s'écria de son terrier; « Le voilà, ce foudre de guerre[6]! Le voilà, cet Hercule qui doit purger la terre de tous les monstres dont elle est pleine[7]! ».

XXII. CHASSE DE DIANE [8].

Il y avait dans le pays des Celtes[9], et assez près du fameux séjour des druides[10], une sombre forêt

1 Chiens de chasse qui prennent le gibier à la course.
2 Courageux, qui fait des prouesses.
3 *La gent*, la race.
4 Chien ainsi appelé de l'usage auquel on l'emploie.
5 *Pâris*, fils de Priam, enleva Hélène, femme de *Ménélas*, roi de Lacédémone, et devint ainsi la cause de la guerre qui amena la ruine de Troie.
6 *Foudre de guerre*, grand général qui a remporté plusieurs victoires, et donné des preuves d'une valeur extraordinaire.
7 Sur *Hercule*, voy. page 18 note 6.
8 *Diane*, déesse de la chasse.
9 Peuple des Gaules, pays occupés maintenant en grande partie par la France et la Belgique.
10 Prêtres gaulois.

dont les chênes, aussi anciens que la terre, avaient vu les eaux du déluge, et conservaient sous leurs épais rameaux une profonde nuit au milieu du jour. Dans cette forêt reculée était une belle fontaine plus claire que le cristal, et qui donnait son nom au lieu où elle coulait. Diane allait souvent percer de ses traits des cerfs et des daims dans cette forêt pleine de rochers escarpés et sauvages. Après avoir chassé avec ardeur, elle allait se plonger dans les pures eaux de la fontaine, et la naïade [1] se glorifiait de faire les délices de la déesse et de toutes les Nymphes. Un jour, Diane chassa en ces lieux un sanglier plus grand et plus furieux que celui de Calydon [2]. Son dos était armé d'une soie dure, aussi hérissée et aussi horrible que les piques d'un bataillon. Ses yeux étincelants étaient pleins de sang et de feu. Il jetait d'une gueule béante et enflammée une écume mêlée d'un sang noir. Sa hure monstrueuse ressemblait à la proue recourbée d'un navire. Il était sale et couvert de la boue de sa bauge [3] où il s'était vautré. Le souffle brûlant de sa gueule agitait l'air tout autour de lui, et faisait un bruit effroyable. Il s'élançait rapidement comme la foudre; il renversait les moissons dorées, et ravageait toutes les campagnes voisines; il coupait les hautes tiges des arbres les plus durs pour aiguiser ses défenses contre leurs troncs. Ses défenses étaient aiguës et tranchantes comme les

[1] *Naïade*, voy. page 12, note 2.

[2] Ce *sanglier* dévastait les campagnes de Calydon, ville de l'Étolie, province de la Grèce, et il ne put être tué que dans une chasse spéciale organisée contre lui.

[3] *Bauge*, retraite du sanglier.

glaives recourbés des Perses. Les laboureurs épouvantés se réfugiaient dans leurs villages. Les bergers, oubliant leurs faibles troupeaux errants dans les pâturages, couraient vers leurs cabanes. Tout était consterné ; les chasseurs mêmes, avec leurs dards et leurs épieux, n'osaient entrer dans la forêt. Diane seule, ayant pitié de ce pays, s'avance avec son carquois doré et ses flèches. Une troupe de Nymphes[1] la suit, et elle les surpasse de toute la tête. Elle est, dans sa course, plus légère que les Zéphyrs[2], et plus prompte que les éclairs. Elle atteint le monstre furieux, le perce d'une de ses flèches au-dessous de l'oreille, à l'endroit où l'épaule commence. Le voilà qui se roule dans les flots de son sang ; il pousse des cris dont toute la forêt retentit, et montre en vain ses défenses[3] prêtes à déchirer ses ennemis. Les Nymphes en frémissent. Diane seule s'avance, met le pied sur sa tête, et enfonce son dard ; puis se voyant rougie du sang de ce sanglier, qui avait rejailli sur elle, elle se baigne dans la fontaine, et se retire charmée d'avoir délivré les campagnes de ce monstre.

XXIII. HISTOIRE D'UNE VIEILLE REINE ET D'UNE JEUNE PAYSANNE.

Il était une fois une Reine si vieille, si vieille, qu'elle n'avait plus ni dents ni cheveux ; sa tête

[1] *Nymphes*, divinités subalternes.
[2] *Zéphyrs*, voy. page 54, note 3.
[3] Les *défenses*, sont deux longues dents qui sortent de la bouche du sanglier.

branlait comme les feuilles que le vent remue; elle ne voyait goutte même avec ses lunettes; le bout de son nez et celui de son menton se touchaient; elle était rapetissée de la moitié, et toute en un peloton, avec le dos si courbé, qu'on aurait cru qu'elle avait toujours été contrefaite. Une fée[1], qui avait assisté à sa naissance, l'aborda et lui dit: « Voulez-vous rajeunir? — Volontiers, répondit la Reine : je donnerais tous mes joyaux pour n'avoir que vingt ans. — Il faut donc, continua la Fée, donner votre vieillesse à quelque autre dont vous prendrez la jeunesse et la santé. A qui donnerons-nous vos cent ans? » La Reine fit chercher partout quelqu'un qui voulût être vieux pour la rajeunir. Il vint beaucoup de gueux[2] qui voulaient vieillir pour être riches; mais quand ils avaient vu la Reine tousser, cracher, râler, vivre de bouillie, être sale, hideuse, puante, souffrante, et radoter un peu, ils ne voulaient plus se charger de ses années; ils aimaient mieux mendier et porter des haillons. Il venait aussi des ambitieux, à qui elle promettait de grands rangs et de grands honneurs. « Mais que faire de ces rangs? disaient-ils après l'avoir vue; nous n'oserions nous montrer étant si dégoûtants et si horribles. » Mais enfin il se présenta une jeune fille de village, belle comme le jour, qui demanda la couronne pour prix de sa jeunesse; elle se nommait Péronnelle. La Reine s'en fâcha d'abord; mais que faire? à quoi sert-il de se fâcher? elle voulait rajeunir. « Partageons,

[1] Les *fées* étaient des personnages imaginaires auxquels nos anciens conteurs supposaient la faculté de prédire l'avenir et d'opérer beaucoup de merveilles.

[2] De *gueux*, de *pauvres*.

dit-elle à Péronnelle, mon royaume; vous en aurez une moitié et moi l'autre : c'est bien assez pour vous, qui êtes une petite paysanne. — Non, répondit la Fille, ce n'est pas assez pour moi; je veux tout. Laissez-moi mon bavolet[1] avec mon teint fleuri; je vous laisserai vos cent ans avec vos rides, et la mort qui vous talonne. — Mais aussi, répondit la Reine, que ferais-je, si je n'avais plus de royaume ? — Vous ririez, vous danseriez, vous chanteriez comme moi, lui dit cette Fille. » En parlant ainsi, elle se mit à rire, à danser et à chanter. La Reine, qui était bien loin d'en faire autant, lui dit : Que feriez-vous en ma place ? vous n'êtes point accoutumée à la vieillesse. — Je ne sais pas, dit la paysanne, ce que je ferais; mais je voudrais bien l'essayer, car j'ai toujours ouï dire qu'il est beau d'être reine. » Pendant qu'elles étaient en marché, la Fée survint, qui dit à la paysanne : « Voulez-vous faire votre apprentissage de vieille reine, pour savoir si ce métier vous accommodera ? — Pourquoi non ? dit la Fille. » A l'instant les rides couvrent son front; ses cheveux blanchissent; elle devient grondeuse et rechignée; sa tête branle et toutes ses dents aussi; elle a déjà cent ans. La Fée ouvre une petite boîte, et en tire une foule d'officiers et de courtisans richement vêtus, qui croissent à mesure qu'ils en sortent, et qui rendent mille respects à la nouvelle reine. On lui sert un grand festin, mais elle est dégoûtée et ne saurait mâcher; elle est honteuse et étonnée; elle ne sait ni que dire ni que faire; elle tousse à

1 Sorte de coiffure que portent les villageoises dans certains pays.

crever; elle crache sur son menton; elle a au nez une roupie gluante, qu'elle essuie avec sa manche; elle se regarde au miroir, et se trouve plus laide qu'une guenuche [1]. Cependant la véritable Reine était dans un coin, qui riait et qui commençait à devenir jolie; ses cheveux revenaient, et ses dents aussi; elle reprenait un bon teint frais et vermeil, elle se redressait avec mille petites façons; mais elle était crasseuse, court vêtue, et faite comme un petit torchon qui a traîné dans les cendres. Elle n'était pas accoutumée à cet équipage, et les gardes, la prenant pour quelque servante de cuisine, voulaient la chasser du palais. Alors Péronnelle lui dit: « Vous voilà bien embarrassée de n'être plus reine, et moi encore davantage de l'être; tenez, voilà votre couronne, rendez-moi ma cotte grise.» L'échange fut aussitôt fait; et la Reine de revieillir, et la paysanne de rajeunir. A peine le changement fut fait, que toutes deux s'en repentirent; mais il n'était plus temps. La Fée les condamna à demeurer chacune dans sa condition. La Reine pleurait tous les jours. Dès qu'elle avait mal au bout du doigt, elle disait: « Hélas! si j'étais Péronnelle, à l'heure que je parle, je serais logée dans une chaumière, et je vivrais de châtaignes; mais je danserais sous l'orme avec les bergers au son de la flûte. Que me sert d'avoir un beau lit où je ne fais que souffrir, et tant de gens qui ne peuvent me soulager? » Ce chagrin augmenta ses maux; les médecins, qui étaient sans cesse douze autour d'elle, les augmentèrent aussi. Enfin elle mourut au bout de deux mois. Péronnelle faisait

[1] Petite guenon. La guenon est la femelle du singe.

une danse ronde le long d'un clair ruisseau avec ses compagnes, quand elle apprit la mort de la Reine : alors elle reconnut qu'elle avait été plus heureuse que sage d'avoir perdu la royauté. La Fée revint la voir, et lui donna à choisir de trois maris : l'un vieux, chagrin, désagréable, jaloux et cruel, mais riche, puissant, et très-grand seigneur, qui ne pourrait, ni jour ni nuit, se passer de l'avoir auprès de lui ; l'autre, bien fait, doux, commode, aimable et d'une grande naissance, mais pauvre et malheureux en tout ; le dernier, paysan comme elle, qui ne serait ni beau ni laid, qui ne l'aimerait ni trop ni peu, qui ne serait ni riche ni pauvre. Elle ne savait lequel prendre, car naturellement elle aimait fort les beaux habits, les équipages et les grands honneurs. Mais la Fée lui dit : « Allez, vous êtes une sotte. Voyez-vous ce paysan ? voilà le mari qu'il vous faut. Vous aimeriez trop le second ; vous seriez trop aimée du premier ; tous deux vous rendraient malheureuse : c'est bien assez que le troisième ne vous batte point. Il vaut mieux danser sur l'herbe ou sur la fougère que dans un palais, et être Péronnelle au village, qu'une dame malheureuse dans le beau monde. Pourvu que vous n'ayez aucun regret aux grandeurs, vous serez heureuse avec votre laboureur, toute votre vie. »

XXIV. HISTOIRE DE FLORISE.

Une paysanne connaissait dans son voisinage une fée [1]. Elle la pria de venir à une de ses couches,

[1] *Fée*, voy. page 64, note 1.

où elle eut une fille. La Fée prit d'abord l'enfant entre ses bras, et dit à la mère : « Choisissez; elle sera, si vous voulez, belle comme le jour; d'un esprit encore plus charmant que sa beauté, et reine d'un grand royaume, mais malheureuse; ou bien elle sera laide et paysanne comme vous, mais contente dans sa condition.—La paysanne choisit d'abord pour cet enfant la beauté et l'esprit avec une couronne, au hasard de quelque malheur. Voilà la petite fille dont la beauté commence déjà à effacer toutes celles qu'on avait jamais vues. Son esprit était doux, poli, insinuant; elle apprenait tout ce qu'on voulait lui apprendre, et le savait bientôt mieux que ceux qui le lui avaient appris. Elle dansait sur l'herbe, les jours de fête, avec plus de grâce que toutes ses compagnes. Sa voix était plus touchante qu'aucun instrument de musique, et elle faisait elle-même les chansons qu'elle chantait. D'abord elle ne savait point qu'elle était belle : mais, en jouant avec ses compagnes sur le bord d'une claire fontaine, elle se vit; elle remarqua combien elle était différente des autres; elle s'admira. Tout le pays, qui accourait en foule pour la voir, lui fit encore plus connaître ses charmes. Sa mère, qui comptait sur les prédictions de la Fée, la regardait déjà comme une reine, et la gâtait par ses complaisances. La jeune fille ne voulait ni filer, ni coudre, ni garder les moutons; elle s'amusait à cueillir des fleurs, à en parer sa tête, à chanter et à danser à l'ombre des bois. Le roi de ce pays-là était fort puissant, et il n'avait qu'un fils, nommé Rosimond, qu'il voulait marier. Il ne put jamais se résoudre à entendre parler d'aucune princesse des Etats voisins, parce qu'une fée lui avait assuré qu'il trouverait une paysanne plus belle et plus parfaite que toutes les princesses du monde. Il prit la résolution de faire assembler toutes les jeunes villageoises de son royaume au-dessous de dix-huit ans, pour choisir celle qui serait la plus digne d'être choisie. On exclut d'abord une quantité innombrable de filles qui n'avaient qu'une médiocre beauté, et on en sépara trente qui surpassaient infiniment toutes les autres. Florise (c'est le nom de notre jeune fille) n'eut pas de peine à être mise dans ce nombre. On rangea ces trente filles au milieu d'une grande salle, dans une espèce d'amphithéâtre, où le roi et son fils les pouvaient regarder toutes à la fois. Florise parut d'abord, au milieu de toutes les autres, ce qu'une belle anémone [1] paraîtrait parmi des soucis [2], ou ce qu'un oranger fleuri paraîtrait au milieu des buissons sauvages. Le Roi s'écria qu'elle méritait sa couronne. Rosimond se crut heureux de posséder Florise. On lui ôta ses habits du village; on lui en donna qui étaient tout brodés d'or. En un instant elle se vit couverte de perles et de diamants. Un grand nombre de dames étaient occupées à la servir. On ne songeait qu'à deviner ce qui pouvait lui plaire, pour le lui donner avant qu'elle eût la peine de le demander. Elle était logée dans un magnifique appartement du palais, qui n'avait, au lieu de tapisseries, que de grandes glaces de miroir de toute la hauteur des chambres et des cabinets, afin qu'elle eût le

[1] *Anémone*, fleur de printemps, remarquable par la beauté et la vivacité de leurs couleurs.

[2] *Souci*, fleur d'automne, de couleur jaune, et qui a une odeur forte.

plaisir de voir sa beauté multipliée de tous côtés, et que le prince pût l'admirer en quelque endroit qu'il jetât les yeux. Rosimond avait quitté la chasse, le jeu, tous les exercices du corps, pour être sans cesse auprès d'elle ; et comme le roi son père était mort bientôt après le mariage, c'était la sage Florise, devenue reine, dont les conseils décidaient de toutes les affaires de l'Etat. La Reine, mère du nouveau roi, nommée Gronipote, fut jalouse de sa belle-fille. Elle était artificieuse, maligne, cruelle. La vieillesse avait ajouté une affreuse difformité à sa laideur naturelle, et elle ressemblait à une Furie [1]. La beauté de Florise la faisait paraître encore plus hideuse, et l'irritait à tout moment : elle ne pouvait souffrir qu'une si belle personne la défigurât. Elle craignait aussi son esprit, et elle s'abandonna à toutes les fureurs de l'envie. « Vous n'avez point de cœur, disait-elle souvent à son fils, d'avoir voulu épouser cette petite paysanne ; et vous avez la bassesse d'en faire votre idole : elle est fière comme si elle était née dans la place où elle est. Quand le roi votre père voulut se marier, il me préféra à toute autre, parce que j'étais la fille d'un roi égal à lui. C'est ainsi que vous devriez faire. Renvoyez cette petite bergère dans son village, et songez à quelque jeune princesse dont la naissance vous convienne. » Rosimond résistait à sa mère ; mais Gronipote enleva un jour un billet que Florise écrivait au Roi, et le donna à un jeune homme de la Cour, qu'elle obligea d'aller porter ce billet au Roi, comme si

[1] Les *Furies* étaient des divinités infernales ; elles étaient hideuses et avaient un air furibond.

Florise lui avait témoigné toute l'amitié qu'elle ne devait avoir que pour le Roi seul. Rosimond, aveuglé par sa jalousie et par les conseils malins que lui donna sa mère, fit enfermer Florise pour toute sa vie dans une haute tour, bâtie sur la pointe d'un rocher qui s'élevait dans la mer. Là, elle pleurait nuit et jour, ne sachant par quelle injustice le Roi, qui l'avait tant aimée, la traitait si indignement. Il ne lui était permis de voir qu'une vieille femme à qui Gronipote l'avait confiée, et qui lui insultait à tout moment dans cette prison. Alors Florise se ressouvint de son village, de sa cabane et de tous ses plaisirs champêtres. Un jour, pendant qu'elle était accablée de douleur, et qu'elle déplorait l'aveuglement de sa mère, qui avait mieux aimé qu'elle fût belle et reine malheureuse, que bergère laide et contente dans son état, la vieille qui la traitait si mal vint lui dire que le Roi envoyait un bourreau pour lui couper la tête, et qu'elle n'avait plus qu'à se résoudre à la mort. Florise répondit qu'elle était prête à recevoir le coup. En effet, le bourreau, envoyé par les ordres du roi, sur les conseils de Gronipote, tenait un grand coutelas pour l'exécution, quand il parut une femme qui dit qu'elle venait de la part de cette reine, pour dire deux mots en secret à Florise avant sa mort. La vieille la laissa parler à elle [1], parce que cette personne lui parut une des dames du palais; mais c'était la Fée qui avait prédit les malheurs de Florise à sa naissance, et qui avait pris la figure de cette dame de la reine mère. Elle parla à Florise en particulier, en faisant re-

[1] *La laissa parler à elle.* Cette tournure a vieilli.

tirer tout le monde. « Voulez-vous, lui dit-elle, renoncer à la beauté qui vous a été si funeste? Voulez-vous quitter le titre de reine, reprendre vos anciens habits, et retourner dans votre village? » Florise fut ravie d'accepter cette offre. La Fée lui appliqua sur le visage un masque enchanté : aussitôt les traits de son visage devinrent grossiers, et perdirent toute leur proportion; elle devint aussi laide qu'elle avait été belle et agréable. En cet état, elle n'était plus reconnaissable, et elle passa sans peine au travers de tous ceux qui étaient venus là pour être témoins de son supplice. Elle suivit la Fée, et repassa avec elle dans son pays. On eut beau chercher Florise, on ne la put trouver en aucun endroit de la tour. On alla en porter la nouvelle au roi et à Gronipote, qui la firent encore chercher, mais inutilement, par tout le royaume. La Fée l'avait rendue à sa mère, qui ne l'eût pas connue dans un si grand changement, si elle n'en eût été avertie. Florise fut contente de vivre laide, pauvre et inconnue dans son village, où elle gardait des moutons. Elle entendait tous les jours raconter ses aventures et déplorer ses malheurs. On en avait fait des chansons qui faisaient pleurer tout le monde; elle prenait plaisir à les chanter souvent avec ses compagnes, et elle en pleurait comme les autres : mais elle se croyait heureuse en gardant son troupeau, et ne voulut jamais découvrir à personne qui elle était.

XXV. LE BERGER CLÉOBULE ET LA NYMPHE PHIDILE.

Un Berger rêveur menait son troupeau sur les rives fleuries du fleuve Achéloüs[1]. Les Faunes et les Satyres[2], cachés dans les bocages voisins, dansaient sur l'herbe, au doux son de sa flûte. Les Naïades[3], cachées dans les ondes du fleuve, levèrent leurs têtes au-dessus des roseaux pour écouter ses chansons. Achéloüs lui-même, appuyé sur son urne penchée[4], montra son front, où il ne restait plus qu'une corne depuis son combat avec le grand Hercule: et cette mélodie suspendit pour un peu de temps les peines de ce dieu vaincu. Le Berger était peu touché de voir ces Naïades qui l'admiraient: il ne pensait qu'à la bergère Phidile, simple, naïve, sans aucune parure, à qui la fortune ne donna jamais d'éclat emprunté, et que les Grâces[5] seules avaient ornée et embellie de leurs propres mains. Elle sortait de son village, ne songeant qu'à faire paître ses moutons. Elle seule ignorait sa beauté. Toutes les autres bergères en étaient jalouses. Le Berger l'aimait et n'osait le lui dire. Ce qu'il aimait le plus en elle, c'était cette vertu simple et sévère qui écartait les amants, et

[1] Fleuve de la Grèce.

[2] *Faunes*, voy. page 11, note 1.—*Satyres*, voy. page 22, note 7.

[3] Divinités des fontaines et des fleuves.

[4] Dans la mythologie les fleuves sont représentés sous la figure d'hommes à demi couchés, et le bras appuyé sur une urne qui verse de l'eau.

[5] *Les Grâces*, voy. page 20, note 4.

qui fait le vrai charme de la beauté. Mais la passion ingénieuse fait trouver l'art de représenter ce qu'on n'oserait dire ouvertement : il finit donc toutes ses chansons les plus agréables, pour en commencer une qui pût toucher le cœur de cette Bergère. Il savait qu'elle aimait la vertu des héros[1] qui ont acquis de la gloire dans les combats : il chanta, sous un nom supposé, ses propres aventures ; car en ce temps, les héros mêmes étaient bergers, et ne méprisaient point la houlette. Il chanta donc ainsi :

« Quand Polynice alla assiéger la ville de Thèbes, pour renverser du trône son frère Etéocle[2], tous les rois de la Grèce parurent sous les armes, et poussaient leurs chariots contre les assiégés. Adraste[3], beau-père de Polynice, abattait les troupes de soldats et les capitaines, comme un moissonneur, de sa faux tranchante, coupe les moissons. D'un autre côté, le devin Amphiaraüs[4], qui avait prévu son malheur, s'avançait dans la mêlée, et fut tout à coup englouti par la terre, qui ouvrit ses abîmes pour le précipiter dans les sombres rives du Styx[5]. En tombant, il déplorait son infortune d'avoir eu une femme infidèle. As-

1 *Héros* (*h* s'aspire), nom donné dans l'antiquité païenne aux hommes nés d'un dieu ou d'une déesse et d'une personne mortelle.

2 *Étéocle* et *Polynice*, fils d'Œdipe, roi de Thèbes, se disputèrent le trône, et, après une longue guerre, se tuèrent l'un l'autre dans un combat singulier.

3 Roi d'Argos, en Grèce.

4 Fils d'Apollon. Il s'était caché pour ne pas se rendre à la guerre de Thèbes, où il devait périr ; mais sa femme découvrit à Polynice le lieu de sa retraite.

5 Fleuve qui faisait neuf fois le tour des Enfers.

sez près de là, on voyait les deux frères fils d'Œdipe, qui s'attaquaient avec fureur: comme un léopard et un tigre qui s'entre-déchirent dans les rochers du Caucase [1], ils se roulaient tous deux dans le sable, chacun paraissant altéré du sang de son frère. Pendant cet horrible spectacle, Cléobule, qui avait suivi Polynice, combattit contre un vaillant Thébain, que le dieu Mars [2] rendait presque invincible. La flèche du Thébain, conduite par le dieu, aurait percé le cou de Cléobule, qui se détourna promptement. Aussitôt Cléobule lui enfonça son dard jusqu'au fond des entrailles. Le sang du Thébain ruisselle, ses yeux s'éteignent, sa bonne mine et sa fierté le quittent : la mort efface ses beaux traits. Sa jeune épouse, du haut d'une tour, le vit mourant, et eut le cœur percé d'une douleur inconsolable. Dans son malheur, je le trouve heureux d'avoir été aimé et plaint : je mourrais comme lui avec plaisir, pourvu que je pusse être aimé de même. A quoi servent la valeur et la gloire des plus fameux combats? à quoi servent la jeunesse et la beauté, quand on ne peut ni plaire, ni toucher ce qu'on aime? »

La Bergère, qui avait prêté l'oreille à une si tendre chanson, comprit que ce Berger était Cléobule, vainqueur du Thébain. Elle devint sensible à la gloire qu'il avait acquise, aux grâces qui brillaient en lui, et aux maux qu'il souffrait pour elle. Elle lui donna sa main et sa foi. Un heureux hymen les joignit : bientôt leur bonheur fut en-

[1] Chaîne de montagnes entre la mer Noire et la mer Caspienne.

[2] *Mars*, voy. page 28, note 4.

vié des bergers d'alentour et des divinités champêtres. Ils égalèrent, par leur union, par leur vie innocente, par leurs plaisirs rustiques, jusque dans une extrême vieillesse, la douce destinée de Philémon et de Baucis [1].

XXVI. HISTOIRE DU ROI ALFAROUTE ET DE CLARIPHILE.

Il y avait un roi nommé Alfaroute, qui était craint de tous ses voisins et aimé de tous ses sujets. Il était sage, bon, juste, vaillant, habile ; rien ne lui manquait. Une fée [2] vint le trouver, et lui dire qu'il lui arriverait bientôt de grands malheurs, s'il ne se servait pas de la bague qu'elle lui mit au doigt. Quand il tournait le diamant de la bague en dedans de sa main, il devenait d'abord invisible ; et dès qu'il le retournait en dehors, il était visible comme auparavant. Cette bague lui fut très-commode, et lui fit grand plaisir. Quand il se défiait de quelqu'un de ses sujets, il allait dans le cabinet de cet homme, avec son diamant tourné en dedans ; il entendait et il voyait tous les secrets domestiques, sans être aperçu. S'il craignait les desseins de quelque roi voisin de son royaume, il

[1] *Philémon* et *Baucis* étaient deux pauvres villageois phrygiens qui furent le modèle des époux. Jupiter, à qui ils donnèrent l'hospitalité, transforma leur cabane en un temple dont ils furent les ministres. Parvenus à une extrême vieillesse, ils furent métamorphosés, au même instant, Philémon en chêne, et Baucis en tilleul. Ils avaient demandé à Jupiter de mourir ensemble.

[2] *Fée*, voy. page 64, note 1.

s'en allait jusque dans ses conseils les plus secrets, où il apprenait tout sans être jamais découvert. Ainsi il prévenait sans peine tout ce qu'on voulait faire contre lui; il détourna plusieurs conjurations formées contre sa personne, et déconcerta ses ennemis qui voulaient l'accabler. Il ne fut pourtant pas content de sa bague, et il demanda à la fée un moyen de se transporter en un moment d'un pays dans un autre, pour pouvoir faire un usage plus prompt et plus commode de l'anneau qui le rendait invisible. La fée lui répondit en soupirant : « Vous en demandez trop! craignez que ce dernier don ne vous soit nuisible.» Il n'écouta rien et la pressa toujours de le lui accorder. « Eh bien! dit-elle, il faut donc, malgré moi, vous donner ce que vous vous repentirez d'avoir.» Alors elle lui frotta les épaules d'une liqueur odoriférante. Aussitôt il sentit de petites ailes qui naissaient sur son dos. Ces petites ailes ne paraissaient point sous ses habits; mais quand il avait résolu de voler, il n'avait qu'à les toucher avec la main; aussitôt elles devenaient si longues, qu'il était en état de surpasser infiniment le vol rapide d'un aigle. Dès qu'il ne voulait plus voler, il n'avait qu'à retoucher ses ailes : d'abord elles se rapetissaient, en sorte qu'on ne pouvait les apercevoir sous ses habits. Par ce moyen, le roi allait partout en peu de moments : il savait tout, et on ne pouvait concevoir par où il devinait tant de choses; car il se renfermait et paraissait demeurer presque toute la journée dans son cabinet, sans que personne osât y entrer. Dès qu'il y était, il se rendait invisible par sa bague, étendait ses ailes en les touchant, et parcourait des pays immenses. Par là, il s'engagea dans de grandes guerres, où il remporta toutes les victoires qu'il voulut; mais comme il voyait sans cesse les secrets des hommes, il les connut si méchants et si dissimulés, qu'il n'osait plus se fier à personne. Plus il devenait puissant et redoutable, moins il était aimé; et il voyait qu'il n'était aimé d'aucun de ceux même à qui il avait fait les plus grands biens. Pour se consoler, il résolut d'aller dans tous les pays du monde chercher une femme parfaite qu'il pût épouser, dont il pût être aimé, et par laquelle il pût se rendre heureux. Il la chercha longtemps; et, comme il voyait tout sans être vu, il connaissait les secrets les plus impénétrables. Il alla dans toutes les cours : il trouva partout des femmes dissimulées, qui voulaient être aimées, et qui s'aimaient trop elles-mêmes pour aimer de bonne foi un mari. Il passa dans toutes les maisons particulières : l'une avait l'esprit léger et inconstant; l'autre était artificieuse, l'autre hautaine; l'autre bizarre; presque toutes fausses, vaines et idolâtres de leur personne. Il descendit jusqu'aux plus basses conditions, et il trouva enfin la fille d'un pauvre laboureur, belle comme le jour, mais simple et ingénue dans sa beauté, qu'elle comptait pour rien, et qui était en effet sa moindre qualité; car elle avait un esprit et une vertu qui surpassaient toutes les grâces de sa personne. Toute la jeunesse de son voisinage s'empressait pour la voir; et chaque jeune homme eût cru assurer le bonheur de sa vie en l'épousant. Le roi Alfaroute ne put la voir sans en être passionné. Il la demanda à son père, qui fut transporté de joie de voir que sa fille serait une grande reine. Clariphile (c'était son nom) passa de la cabane de son père dans un riche palais, où une cour nombreuse la reçut. Elle n'en fut point éblouie ; elle conserva sa simplicité, sa modestie, sa vertu, et elle n'oublia point d'où elle était venue, lorsqu'elle fut au comble des honneurs. Le roi redoubla sa tendresse pour elle, et crut enfin qu'il parviendrait à être heureux. Peu s'en fallait qu'il ne le fût déjà, tant il commençait à se fier au bon cœur de la reine. Il se rendait à toute heure invisible, pour l'observer et pour la surprendre ; mais il ne découvrait rien en elle qu'il ne trouvât digne d'être admiré. Il n'y avait plus qu'un reste de jalousie et de défiance qui le troublait encore un peu dans son amitié.

La fée, qui lui avait prédit les suites funestes de son dernier don, l'avertissait souvent, et il en fut importuné. Il donna ordre qu'on ne la laissât plus entrer dans le palais, et dit à la reine qu'il lui défendait de la recevoir. La reine promit avec beaucoup de peine d'obéir, parce qu'elle aimait fort cette bonne fée. Un jour la fée, voulant instruire la reine sur l'avenir, entra chez elle sous la figure d'un officier, et déclara à la reine qui elle était. Aussitôt la reine l'embrassa tendrement. Le roi, qui était alors invisible, l'aperçut, et fut transporté de jalousie jusqu'à la fureur. Il tira son épée, et perça la reine, qui tomba mourante entre ses bras. Dans ce moment, la fée reprit sa véritable figure. Le roi la reconnut, et comprit l'innocence de la reine. Alors il voulut se tuer. La fée arrêta le coup, et tâcha de le consoler. La reine, en expirant, lui dit ; « Quoique je meure de votre main, je meurs toute à vous. » Alfaroute déplora son malheur d'avoir voulu, malgré la fée, un don qui lui était si funeste. Il lui rendit la bague, et la pria de lui ôter ses ailes. Le reste de ses jours se passa dans l'amertume et dans la douleur. Il n'avait point d'autre consolation que d'aller pleurer sur le tombeau de Clariphile.

XXVII. HISTOIRE DE ROSIMOND ET DE BRAMINTE.

Il était une fois un jeune homme plus beau que le jour, nommé Rosimond, et qui avait autant d'esprit et de vertu que son frère aîné Braminte était mal fait, désagréable, brutal et méchant. Leur mère, qui avait horreur de son fils aîné, n'avait des yeux que pour voir le cadet. L'aîné, jaloux, invente une calomnie horrible pour perdre son frère : il dit à son père que Rosimond allait souvent chez un voisin, qui était son ennemi, pour lui rapporter tout ce qui se passait au logis, et pour lui donner le moyen d'empoisonner son père. Le père, fort emporté, battit cruellement son fils, le mit en sang, puis le tint trois jours en prison, sans nourriture, et enfin le chassa de sa maison, en le menaçant de le tuer s'il revenait jamais. La mère épouvantée n'osa rien dire ; elle ne fit que gémir. L'enfant s'en alla pleurant, et, ne sachant où se retirer, il traversa sur le soir un grand bois : la nuit le surprit au pied d'un rocher ; il se mit à l'entrée d'une caverne, sur un tapis de mousse où coulait un clair ruisseau, et il s'y endormit de lassitude, Au point du jour, en s'éveillant, il vit une belle femme, montée sur un cheval gris, avec une housse[1] en broderie d'or, qui paraissait aller à la chasse. « N'avez-vous point vu passer un cerf et des chiens? » lui dit-elle. Il répondit que non. Puis elle ajouta : « Il me semble que vous êtes affligé. Qu'avez-vous? lui dit-elle. Tenez, voilà une bague qui vous rendra le plus heureux et le plus puissant des hommes, pourvu que vous n'en abusiez jamais. Quand vous tournerez le diamant en dedans, vous serez d'abord invisible; dès que vous le tournerez en dehors, vous paraîtrez à découvert. Quand vous mettrez l'anneau à votre petit doigt, vous paraîtrez le fils du roi, suivi de toute une cour magnifique; quand vous le mettrez au quatrième doigt, vous paraîtrez dans votre figure naturelle.» Aussitôt le jeune homme comprit que c'était une fée[2] qui lui parlait. Après ces paroles, elle s'enfonça dans le bois. Pour lui, il s'en retourna aussitôt chez son père, avec impatience de faire l'essai de sa bague. Il vit et entendit tout ce qu'il voulut, sans être découvert. Il ne tint qu'à lui de se venger de son frère, sans s'exposer à aucun danger. Il se montra seulement à sa mère, l'embrassa, et lui dit toute sa merveilleuse aventure. Ensuite, mettant l'anneau enchanté à son petit doigt, il parut tout à coup comme le prince fils du roi, avec cent beaux chevaux, et un grand nombre d'officiers richement vêtus. Son père fut bien étonné de voir le fils du roi dans sa petite maison; il était embarrassé, ne sachant quels respects il devait lui rendre. Alors Rosimond lui demanda combien il avait de fils. « Deux, ré-

[1] *Housse* (*h* s'aspire) sorte de couverture qu'on attache à la selle d'un cheval, et qui couvre la croupe.

[2] *Fée*, voy. page 64, note 1.

pondit le père. — Je les veux voir, faites-les venir tout à l'heure, lui dit Rosimond ; je les veux emmener tous deux à la cour pour faire leur fortune. » Le père, timide, répondit en hésitant : « Voilà l'aîné que je vous présente. — Où est donc le cadet ? je le veux voir aussi, dit encore Rosimond. — Il n'est pas ici, dit le père. Je l'avais châtié pour une faute, et il m'a quitté. » Alors Rosimond lui dit : « Il fallait l'instruire, mais non pas le chasser. Donnez-moi toujours l'aîné ; qu'il me suive. Et vous, dit-il, parlant au père, suivez deux gardes qui vous conduiront au lieu que je leur marquerai. » Aussitôt deux gardes emmenèrent le père ; et la fée dont nous avons parlé l'ayant trouvé dans une forêt, elle le frappa d'une verge d'or, et le fit entrer dans une caverne sombre et profonde, où il demeura enchanté. « Demeurez-y, dit-elle, jusqu'à ce que votre fils vienne vous en tirer. » Cependant le fils alla à la cour du roi, dans un temps où le jeune prince s'était embarqué pour aller faire la guerre dans une île éloignée. Il avait été emporté par les vents sur des côtes inconnues, où, après un naufrage, il était captif chez un peuple sauvage. Rosimond parut à la cour comme s'il eût été le prince qu'on croyait perdu, et que tout le monde pleurait. Il dit qu'il était revenu par le secours de quelques marchands, sans lesquels il serait péri. Il fit la joie publique. Le roi parut si transporté, qu'il ne pouvait parler, et il ne se lassait point d'embrasser ce fils qu'il avait cru mort. La reine fut encore plus attendrie. On fit de grandes réjouissances dans tout le royaume. Un jour, celui qui passait pour le prince dit à son véritable frère : « Braminte, vous voyez que je vous ai tiré de votre village pour faire votre fortune ; mais je sais que vous êtes un menteur, et que vous avez, par vos impostures, causé le le malheur de votre frère Rosimond : il est ici caché. Je veux que vous parliez à lui, et qu'il vous reproche vos impostures.» Braminte, tremblant, se jeta à ses pieds, et lui avoua sa faute. « N'importe, dit Rosimond, je veux que vous parliez à votre frère, et que vous lui demandiez pardon. Il sera bien généreux s'il vous pardonne. Il est dans mon cabinet, où je vous le ferai voir tout à l'heure. Cependant je m'en vais dans une chambre voisine, pour vous laisser librement avec lui.» Braminte entra, pour obéir, dans le cabinet. Aussitôt Rosimond changea son anneau, passa dans cette chambre, et puis il entra par une autre porte de derrière, avec sa figure naturelle, dans le cabinet, où Braminte fut bien honteux de le voir. Il lui demanda pardon, et lui promit de réparer toutes ses fautes. Rosimond l'embrassa en pleurant, lui pardonna, et lui dit : « Je suis en pleine faveur auprès du prince ; il ne tient qu'à moi de vous faire périr, ou de vous tenir toute votre vie dans une prison ; mais je veux être aussi bon pour vous que vous avez été méchant pour moi.» Braminte, honteux et confondu, lui répondit avec soumission, n'osant lever les yeux ni le nommer son frère. Ensuite Rosimond fit semblant de faire un voyage secret, pour aller épouser une princesse d'un royaume voisin : mais, sous ce prétexte, il alla voir sa mère, à laquelle il raconta tout ce qu'il avait fait à la cour, et lui donna, dans le besoin, quelque petit secours d'argent ; car le roi lui laissait prendre tout celui qu'il voulait ; mais il n'en prenait jamais beaucoup. Cependant il s'éleva une furieuse guerre entre le roi et un autre roi voisin, qui était injuste et de mauvaise foi. Rosimond alla à la cour du roi ennemi, entra, par le moyen de son anneau, dans tous les conseils secrets de ce prince, demeurant toujours invisible. Il profita de tout ce qu'il apprit des mesures des ennemis : il les prévint et les déconcerta en tout; il commanda l'armée contre eux; il les défit entièrement dans une grande bataille, et conclut bientôt avec eux une paix glorieuse, à des conditions équitables. Le roi ne songeait qu'à le marier avec une princesse héritière d'un royaume voisin, et plus belle que les Grâces [1]. Mais un jour, pendant que Rosimond était à la chasse dans la même forêt où il avait autrefois trouvé la fée, elle se présenta à lui : « Gardez-vous bien, lui dit-elle d'une voix sévère, de vous marier, comme si vous étiez le prince; il ne faut tromper personne : il est juste que le prince pour qui l'on vous prend revienne succéder à son père. Allez le chercher dans une île où les vents que j'enverrai enfler les voiles de votre vaisseau vous mèneront sans peine. Hâtez-vous de rendre ce service à votre maître, contre ce qui pourrait flatter votre ambition, et songez à rentrer en homme de bien dans votre condition naturelle. Si vous ne le faites, vous serez injuste et malheureux; je vous abandonnerai à vos anciens malheurs.» Rosimond profita sans peine d'un si sage conseil. Sous prétexte d'une négociation secrète dans un Etat voisin, il s'embarqua sur un vaisseau, et les vents le menèrent d'abord dans l'île

[1] *Les Grâces*, voy. page 20, note 4.

où la fée lui avait dit qu'était le vrai fils du roi. Ce prince était captif chez un peuple sauvage, où on lui faisait garder des troupeaux. Rosimond, invisible, l'alla enlever dans les pâturages où il conduisait son troupeau ; et, le couvrant de son propre manteau, qui était invisible comme lui, il le délivra des mains de ces peuples cruels. Ils s'embarquèrent. D'autres vents, obéissant à la fée, les ramenèrent; ils arrivèrent ensemble dans la chambre du roi. Rosimond se présenta à lui et lui dit : « Vous m'avez cru votre fils, je ne le suis pas; mais je vous le rends: tenez, le voilà lui-même.» Le roi, bien étonné, s'adressa à son fils et lui dit : « N'est-ce pas vous, mon fils, qui avez vaincu mes ennemis, et qui avez fait glorieusement la paix? ou bien est-il vrai que vous avez fait un naufrage, que vous avez été captif, et que Rosimond vous a délivré? —Oui, mon père, répondit-il. C'est lui qui est venu dans le pays où j'étais captif. Il m'a enlevé; je lui dois la liberté et le plaisir de vous revoir. C'est lui, et non pas moi à qui vous devez la victoire. » Le roi ne pouvait croire ce qu'on lui disait : mais Rosimond, changeant sa bague, se montra au roi sous la figure du prince; et le roi, épouvanté, vit à la fois deux hommes qui lui parurent tous deux ensemble son même fils. Alors il offrit, pour tant de services, des sommes immenses à Rosimond, qui les refusa; il demanda seulement au roi la grâce de conserver à son frère Braminte une charge qu'il avait à la cour. Pour lui, il craignit l'inconstance de la fortune, l'envie des hommes et sa propre fragilité : il voulut se retirer dans son village avec sa mère, où il se mit à cultiver la terre. La fée, qu'il revit encore dans les bois, lui montra la caverne où son père était, et lui dit les paroles qu'il fallait prononcer pour le délivrer; il prononça avec une très-sensible joie ces paroles; il délivra son père, qu'il avait depuis longtemps impatience de délivrer, et lui donna de quoi passer doucement sa vieillesse. Rosimond fut ainsi le bienfaiteur de toute sa famille, et il eut le plaisir de faire du bien à tous ceux qui avaient voulu lui faire du mal. Après avoir fait les plus grandes choses pour la cour, il ne voulut d'elle que la liberté de vivre loin de sa corruption. Pour comble de sagesse, il craignit que son anneau ne le tentât de sortir de sa solitude, et ne le rengageât dans les grandes affaires : il retourna dans le bois où la fée lui avait apparu si favorablement. Il allait tous les jours auprès de la caverne où il avait eu le bonheur de la voir autrefois, et c'était dans l'espérance de l'y revoir. Enfin, elle s'y présenta encore à lui, et il lui rendit l'anneau enchanté. « Je vous rends, lui dit-il, un don d'un si grand prix, mais si dangereux, et duquel il est si facile d'abuser. Je ne me croirai en sûreté que quand je n'aurai plus de quoi sortir de ma solitude avec tant de moyens de contenter toutes mes passions. »

Pendant que Rosimond rendait cette bague, Braminte, dont le méchant naturel n'était point corrigé, s'abandonnait à toutes ses passions, et voulut engager le jeune prince, qui était devenu roi, à traiter indignement Rosimond. La fée dit à Rosimond : « Votre frère, toujours imposteur, a voulu vous rendre suspect au nouveau roi, et vous perdre : il mérite d'être puni, et il faut qu'il périsse. Je m'en vais lui donner cette bague que vous me rendez. » Rosimond pleura le malheur de son frère; puis il dit à la fée : « Comment prétendez-vous le punir par un si merveilleux présent? il en abusera pour persécuter tous les gens de bien, et pour avoir une puissance sans bornes. — Les mêmes choses, répondit la fée, sont un remède salutaire aux uns, et un poison mortel aux autres. La prospérité est la source de tous les maux pour les méchants. Quand on veut punir un scélérat, il n'y a qu'à le rendre bien puissant, pour le faire périr bientôt. » Elle alla ensuite au palais; elle se montra à Braminte sous la figure d'une vieille femme couverte de haillons; elle lui dit : « J'ai tiré des mains de votre frère la bague que je lui avais prêtée, et avec laquelle il s'était acquis tant de gloire : recevez-la de moi, et pensez bien à l'usage que vous en ferez. » Braminte répondit en riant : « Je ne ferai pas comme mon frère, qui fut assez insensé pour aller chercher le prince, au lieu de régner en sa place. » Braminte, avec cette bague, ne songea qu'à découvrir le secret de toutes les familles, qu'à commettre des trahisons, des meurtres et des infamies, qu'à écouter les conseils du roi, qu'à enlever les richesses des particuliers. Ses crimes invisibles étonnèrent tout le monde. Le roi, voyant tant de secrets découverts, ne savait à quoi attribuer cet inconvénient; mais la prospérité sans bornes et l'insolence de Braminte lui firent soupçonner qu'il avait l'anneau enchanté de son frère. Pour le découvrir, il se servit d'un étranger d'une nation ennemie, à qui il donna une grande somme. Cet homme vint la nuit offrir à Braminte, de la part du roi ennemi, des biens et des honneurs immenses, s'il voulait lui faire savoir par des espions tout ce qu'il pourrait apprendre des secrets de son roi.

Braminte promit tout, alla même dans un lieu où on lui donna une somme très-grande pour commencer sa récompense. Il se vanta d'avoir un anneau qui le rendait invisible. Le lendemain, le roi l'envoya chercher, et le fit d'abord saisir. On lui ôta l'anneau, et on trouva sur lui plusieurs papiers qui prouvaient ses crimes. Rosimond revint à la cour pour demander la grâce de son frère, qui lui fut refusée. On fit mourir Braminte; et l'anneau lui fut plus funeste qu'il n'avait été utile à son frère.

Le roi, pour consoler Rosimond de la punition de Braminte, lui rendit l'anneau, comme un trésor d'un prix infini. Rosimond, affligé, n'en jugea pas de même : il retourna chercher la fée dans les bois. « Tenez, lui dit-il, votre anneau. L'expérience de mon frère m'a fait comprendre ce que je n'avais pas bien compris d'abord, quand vous me le dîtes. Gardez cet instrument fatal de la perte de mon frère. Hélas ! il serait encore vivant ; il n'aurait pas accablé de douleur et de honte la vieillesse de mon père et de ma mère ; il serait peut-être sage et heureux, s'il n'avait jamais eu de quoi contenter ses désirs. Oh ! qu'il est dangereux de pouvoir plus que les autres hommes ! Reprenez votre anneau : malheur à ceux à qui vous le donnerez ! L'unique grâce que je vous demande, c'est de ne le donner jamais à aucune des personnes pour qui je m'intéresse. »

XXVIII. LES AVENTURES DE MÉLÉSICHTHON.

Mélésichthon, né à Mégare [1], d'une race illustre parmi les Grecs, ne songea dans sa jeunesse qu'à imiter dans la guerre les exemples de ses ancêtres : il signala sa valeur et ses talents dans plusieurs expéditions ; et comme toutes ses inclinations étaient magnifiques [2], il y fit une dépense éclatante, qui le ruina bientôt. Il fut contraint de se retirer dans une maison de campagne, sur le bord de la mer, où il vivait dans une profonde solitude avec sa femme Proxinoé. Elle avait de l'esprit, du courage, de la fierté. Sa beauté et sa naissance l'avaient fait rechercher par des partis beaucoup plus riches que Mélésichthon ; mais elle l'avait préféré à tous les autres, pour son seul mérite. Ces deux personnes, qui, par leur vertu et leur amitié, s'étaient rendues naturellement heureuses pendant plusieurs années, commencèrent alors à se rendre mutuellement malheureuses, par la compassion qu'elles avaient l'une pour l'autre. Mélésichton aurait supporté plus facilement ses malheurs s'il eût pu les souffrir tout seul, et sans une personne qui lui était si chère. Proxinoé sentait qu'elle augmentait les peines de Mélésichthon. Ils cherchaient à se consoler par deux enfants qui semblaient avoir été formés par les Grâces [3]. Le fils se nommait Mélibée, et la fille Poé-

[1] Ville de la Grèce.
[2] C'est-à-dire, étaient pour la magnificence et le luxe.
[3] *Les Grâces*, voy. page 20, note 4.

ménis. Mélibée, dans un âge tendre, commençait déjà à montrer de la force, de l'adresse et du courage : il surmontait à la lutte[1], à la course et aux autres exercices, les enfants de son voisinage. Il s'enfonçait dans les forêts, et ses flèches ne portaient pas des coups moins assurés que celles d'Apollon [2] ; il suivait encore plus ce dieu dans les sciences et dans les beaux-arts que dans les exercices du corps. Mélésichthon, dans sa solitude, lui enseignait tout ce qui peut cultiver et orner l'esprit, tout ce qui peut faire aimer la vertu, et régler les mœurs. Mélibée avait un air simple, doux et ingénu, mais noble, ferme et hardi. Son père jetait les yeux sur lui, et ses yeux se noyaient de larmes. Poéménis était instruite par sa mère dans tous les beaux-arts que Minerve [3] a donnés aux hommes : elle ajoutait aux ouvrages les plus exquis les charmes d'une voix qu'elle joignait avec une lyre plus touchante que celle d'Orphée [4]. A la voir, on eût cru que c'était la jeune Diane, sortie de l'île flottante où elle naquit [5]. Ses cheveux blonds étaient noués négligemment derrière sa tête ; quelques-uns échappés flottaient sur son cou au gré des vents. Elle n'avait qu'une robe légère, avec une ceinture qui la relevait un peu,

[1] *Lutte*, exercice où deux hommes se prennent corps à corps, et cherchent à se renverser à terre l'un l'autre sans se frapper.

[2] *Apollon*, voy. page 21, note 3.

[3] *Minerve*, voy. page 21, note 4.

[4] *Orphée*, voy. page 22, note 1, et page 37, note 2.

[5] *Diane*, déesse de la chasse, était née dans la petite île de Délos, sur les côtes de la Grèce. Cette île avait la propriété de flotter sur l'eau comme un navire ; Apollon, frère de Diane, qui y était né aussi, la rendit immobile.

pour être plus en état d'agir. Sans parure, elle effaçait tout ce qu'on peut voir de plus beau, et elle ne le savait pas : elle n'avait même jamais songé à se regarder sur le bord des fontaines; elle ne voyait que sa famille, et ne songeait qu'à travailler. Mais le père, accablé d'ennuis, et ne voyant plus aucune ressource dans ses affaires, ne cherchait que la solitude. Sa femme et ses enfants faisaient son supplice. Il allait souvent sur le rivage de la mer, au pied d'un grand rocher plein d'antres sauvages : là, il déplorait ses malheurs; puis il entrait dans une profonde vallée, qu'un bois épais dérobait aux rayons du soleil au milieu du jour. Il s'asseyait sur le gazon qui bordait une claire fontaine, et toutes les plus tristes pensées revenaient en foule dans son cœur. Le doux sommeil était loin de ses yeux; il ne parlait plus qu'en gémissant; la vieillesse venait avant le temps flétrir et rider son visage; il oubliait même tous les besoins de la vie, et succombait à sa douleur.

Un jour, comme il était dans cette vallée si profonde, il s'endormit de lassitude et d'épuisement : alors il vit en songe la déesse Cérès [1], couronnée d'épis dorés, qui se présenta à lui avec un visage doux et majestueux. « Pourquoi, lui dit-elle en l'appelant par son nom, vous laissez-vous abattre aux rigueurs de la fortune? — Hélas! répondit-il, mes amis m'ont abandonné; je n'ai plus de bien; il ne me reste que des procès et des créanciers : ma naissance fait le comble de mon malheur, et je ne puis me résoudre à travailler comme un esclave, pour gagner ma vie. »

[1] Déesse de l'agriculture et des moissons.

Alors Cérès lui répondit : « La noblesse consiste-t-elle dans les biens? Ne consiste-t-elle pas plutôt à imiter la vertu de ses ancêtres? Il n'y a de nobles que ceux qui sont justes. Vivez de peu, gagnez ce peu par votre travail : ne soyez à charge à personne : vous serez le plus noble de tous les hommes. Le genre humain se rend lui-même misérable par sa mollesse et par sa fausse gloire. Si les choses nécessaires vous manquent, pourquoi voulez-vous les devoir à d'autres qu'à vous-même? Manquez-vous de courage pour vous les donner par une vie laborieuse? »

Elle dit, et aussitôt elle lui présenta une charrue d'or avec une corne d'abondance [1]. Alors Bacchus parut [2] couronné de lierre, et tenant un thyrse [3] dans sa main; il était suivi de Pan [4], qui jouait de la flûte, et qui faisait danser les Faunes et les Satyres [5]. Pomone se montra chargée de fruits, et Flore [6] ornée des fleurs les plus vives et les plus odoriférantes. Toutes les divinités champêtres jetèrent un regard favorable sur Mélésichthon.

Il s'éveilla, comprenant la force et le sens de ce songe divin; il se sentit consolé, et plein de goût pour tous les travaux de la vie champêtre. Il parla de ce songe à Proxinoé, qui entra dans tous ses sentiments. Le lendemain, ils congédièrent

[1] *Corne d'abondance*, voy. page 22, note 4.
[2] *Bacchus*, voy. page 11, note 1.
[3] Bâton entouré d'une branche de vigne avec ses feuilles, et de lierre, et terminée par une pomme de pin.
[4] *Pan*, voy. page 20, note 7.
[5] *Faunes*, *Satyres*, voy. page 11, note 1, et page 22, note 7.
[6] *Pomone*, *Flore*, voy. page 27, note 5.

leurs domestiques inutiles; on ne vit plus chez eux de gens dont le seul emploi fût le service de leurs personnes. Ils n'eurent plus ni char ni conducteur. Proxinoé avec Poéménis filaient en menant paître leurs moutons; ensuite elles faisaient leurs toiles et leurs étoffes; puis elles taillaient et cousaient elles-mêmes leurs habits et ceux du reste de la famille. Au lieu des ouvrages de soie, d'or, et d'argent qu'elles avaient accoutumé de faire avec l'art exquis de Minerve[1], elles n'exerçaient plus leurs doigts qu'au fuseau ou à d'autres travaux semblables. Elles préparaient de leurs propres mains les légumes qu'elles cueillaient dans leur jardin pour nourrir toute la maison. Le lait de leur troupeau, qu'elles allaient traire, achevait de mettre l'abondance. On n'achetait rien; tout était préparé promptement. Tout était bon, simple, naturel, assaisonné par l'appétit inséparable de la sobriété et du travail.

Dans une vie si champêtre, tout était chez eux net et propre. Toutes les tapisseries étaient vendues; mais les murailles de la maison étaient blanches, et on ne voyait nulle part rien de sale ni de dérangé; les meubles n'étaient jamais couverts de poussière; les lits étaient d'étoffes grossières, mais propres. La cuisine même avait une propreté qui n'est point dans les grandes maisons; tout y était bien rangé et luisant. Pour régaler la famille dans les jours de fête, Proxinoé faisait des gâteaux excellents. Elle avait des abeilles, dont le miel était plus doux que celui qui coulait du tronc

[1] *Minerve,* déesse des beaux-arts, était habile dans l'art de faire les étoffes, et la tapisserie.

des chênes creux pendant l'âge d'or[1]. Les vaches venaient d'elles-mêmes offrir des ruisseaux de lait[2]. Cette femme laborieuse avait dans son jardin toutes les plantes qui peuvent aider à nourrir l'homme en chaque saison, et elle était toujours la première à avoir les fruits et les légumes de chaque temps : elle avait même beaucoup de fleurs, dont elle vendait une partie, après avoir employé l'autre à orner sa maison. La fille secondait sa mère, et ne goûtait d'autre plaisir que celui de chanter en travaillant, ou en conduisant ses moutons dans les pâturages. Nul autre troupeau n'égalait le sien : la contagion et les loups mêmes n'osaient en approcher. A mesure qu'elle chantait, ses tendres agneaux dansaient sur l'herbe, et tous les échos d'alentour semblaient prendre plaisir à répéter ses chansons.

Mélésichthon labourait lui-même son champ ; lui-même il conduisait sa charrue, semait et moissonnait : il trouvait les travaux de l'agriculture moins durs, plus innocents et plus utiles que ceux de la guerre. A peine avait-il fauché l'herbe tendre de ses prairies, qu'il se hâtait d'enlever les dons de Cérès[3], qui le payaient au centuple du grain semé. Bientôt Bacchus[4] faisait couler pour lui un nectar[5] digne de la table des dieux. Minerve lui donnait aussi le fruit de son arbre, qui est si utile

1 *L'âge d'or*, voy page 11, note 7.

2 C'est-à-dire, *offrir leur mamelles pleines de lait.*

3 C'est-à-dire *le blé.* Cérès, déesse de l'agriculture, enseigna la culture du blé aux hommes, qui auparavant ne vivaient que de gland.

4 *Bacchus*, voy. page 11, note 1.

5 *Nectar*, voy. page 13, note 3.

à l'homme[1]. L'hiver était la saison du repos, où toute la famille assemblée goûtait une joie innocente, et remerciait les dieux d'être si désabusée des faux plaisirs. Ils ne mangeaient de viande que dans les sacrifices[2], et leurs troupeaux n'étaient destinés qu'aux autels.

Mélibée ne montrait presque aucune des passions de la jeunesse : il conduisait les grands troupeaux ; il coupait de grands chênes dans les forêts ; il creusait de petits canaux pour arroser les prairies ; il était infatigable pour soulager son père. Ses plaisirs, quand le travail n'était pas de saison, étaient la chasse, les courses avec les jeunes gens de son âge, et la lecture, dont son père lui avait donné le goût.

Bientôt Mélésichthon, en s'accoutumant à une vie si simple, se vit plus riche qu'il ne l'avait été auparavant. Il n'avait chez lui que les choses nécessaires à la vie ; mais il les avait toutes en abondance. Il n'avait presque de société que dans sa famille. Ils s'aimaient tous ; ils se rendaient mutuellement heureux : ils vivaient loin des palais des rois, et des plaisirs qu'on achète si cher : les leurs étaient doux, innocents, simples, faciles à trouver, et sans aucune suite dangereuse. Mélibée et Poéménis furent ainsi élevés dans le goût des travaux champêtres. Ils ne se souvinrent de leur naissance que pour avoir plus de courage en supportant la pauvreté. L'abondance revenue dans

[1] L'olivier, que Minerve fit sortir de terre.

[2] *Sacrifices*, cérémonies dans lesquelles on offrait aux dieux certains animaux qu'on égorgeait. Une petite part était brûlée sur l'autel, et les sacrificateurs mangeaient le reste.

toute cette maison n'y ramena point le faste : la famille entière fut toujours simple et laborieuse. Tout le monde disait à Mélésichthon : « Les richesses rentrent chez vous ; il est temps de reprendre votre ancien éclat. » Alors, il répondait ces paroles : « A qui voulez-vous que je m'attache, ou au faste qui m'avait perdu, ou à une vie simple et laborieuse qui m'a rendu riche et heureux ? » Enfin, se trouvant un jour dans ce bois sombre où Cérès l'avait instruit par un songe si utile, il s'y reposa sur l'herbe avec autant de joie qu'il y avait eu d'amertume dans le temps passé. Il s'endormit, et la déesse, se montrant à lui, comme dans son premier songe, lui dit ces paroles : « La vraie noblesse consiste à ne recevoir rien de personne, et à faire du bien aux autres. Ne recevez donc rien que du sein fécond de la terre et de votre propre travail. Gardez-vous bien de quitter jamais, par mollesse ou par fausse gloire, ce qui est la source naturelle et inépuisable de tous les biens. »

XXIX. LES AVENTURES D'ARISTONOÜS [1].

Sophronyme, ayant perdu les biens de ses ancêtres par des naufrages et par d'autres malheurs, s'en consolait par sa vertu dans l'île de Délos [2]. Là, il chantait, sur une lyre d'or, les merveilles du dieu qu'on y adore ; il cultivait les Muses [3], dont

[1] Il est expliqué, dans le troisième alinéa ci-dessous, quel est Aristonoüs.

[2] *Délos*, voy. page 90, note 5.

[3] *Cultiver les Muses*, expression figurée, mise pour *il cultivait la poésie*.—Sur les *Muses*, voy. page 11, note 3.

il était aimé; il recherchait curieusement tous les secrets de la nature, le cours des astres et des cieux, l'ordre des éléments, la structure de l'univers, qu'il mesurait de son compas, la vertu des plantes, la conformation des animaux; mais surtout il s'étudiait lui-même, et s'appliquait à orner son âme par la vertu. Ainsi la fortune, en voulant l'abattre, l'avait élevé à la véritable gloire, qui est celle de la sagesse.

Pendant qu'il vivait heureux sans biens, dans cette retraite, il aperçut un jour, sur le rivage de la mer, un vieillard vénérable qui lui était inconnu : c'était un étranger qui venait d'aborder dans l'île. Ce vieillard admirait les bords de la mer, dans laquelle il savait que cette île avait été autrefois flottante; il considérait cette côte, où s'élevaient, au-dessus des sables et des rochers, de petites collines toujours couvertes d'un gazon naissant et fleuri; il ne pouvait assez regarder les fontaines pures et les ruisseaux rapides qui arrosaient cette délicieuse campagne; il s'avançait vers les bocages sacrés qui environnent le temple du dieu; il était étonné de voir cette verdure que les aquilons [1] n'osent jamais ternir, et il considérait déjà le temple, d'un marbre de Paros [2] plus blanc que la neige, environné de hautes colonnes de jaspe [3]. Sophronyme n'était pas moins attentif à considérer ce vieillard : sa barbe blanche tombait sur sa poitrine; son visage ridé n'avait rien de difforme : il

[1] *Aquilons*, voy. page 26, note 4.

[2] *Paros* était une île voisine de Délos, et renommée pour ses carrières de marbre blanc.

[3] *Jaspe*, pierre dure, opaque, veinée de diverses couleurs, et prenant très bien le poli. Elle est rare.

était encore exempt des injures[1] d'une vieillesse caduque[2]; ses yeux montraient une douce vivacité; sa taille était haute et majestueuse, mais un peu courbée, et un bâton d'ivoire le soutenait. « O étranger, lui dit Sophronyme, que cherchez-vous dans cette île, qui paraît vous être inconnue? Si c'est le temple du dieu, vous le voyez de loin, et je m'offre[3] de vous y conduire; car je crains les dieux, et j'ai appris ce que Jupiter[4] veut qu'on fasse pour secourir les étrangers. »

« J'accepte, répondit le vieillard, l'offre que vous me faites avec tant de marques de bonté; je prie les dieux de récompenser votre amour pour les étrangers. Allons vers le temple.» Dans le chemin, il raconta à Sophronyme le sujet de son voyage : « Je m'appelle, dit-il, Aristonoüs, natif de Clazomène, ville d'Ionie, située sur cette côte agréable qui s'avance dans la mer, et semble s'aller joindre à l'île de Chio[5], fortunée patrie d'Homère[6]. Je naquis de parents pauvres, quoique nobles. Mon père, nommé Polystrate, qui était déjà chargé d'une nombreuse famille, ne voulut point m'élever; il me fit exposer par un de ses amis de Téos[7].

[1] *Des injures*, c'est-à-dire, *de la dégradation, de la ruine.* Expression figurée.

[2] *Caduque*, cassée, affaiblie par l'âge.

[3] Suivant l'Académie, il faudrait *Je m'offre à.*

[4] *Jupiter*, voy. page 11, note 1.—Jupiter était le dieu de l'hospitalité.

[5] *Chio*, île de la mer Égée.

[6] *Homère*, voy. page 36, note 2.

[7] *Téos*, ville située sur la côte de l'Asie Mineure. — On trouve chez la plupart des nations anciennes l'usage barbare d'abandonner et d'exposer les enfants que leurs parents ne voulaient pas élever.

Une vieille femme d'Érythre[1], qui avait du bien auprès du lieu où l'on m'exposa, me nourrit de lait de chèvre dans sa maison : mais, comme elle avait à peine de quoi vivre, dès que je fus en âge de servir, elle me vendit à un marchand d'esclaves qui me mena dans la Lycie[2]. Il me vendit, à Patare[3], à un homme riche et vertueux, nommé Alcine ; cet Alcine eut soin de moi dans ma jeunesse. Je lui parus docile, modéré, sincère, affectionné, et appliqué à toutes les choses honnêtes dont on voulut m'instruire ; il me dévoua aux arts qu'Apollon[4] favorise : il me fit apprendre la musique, les exercices du corps, et surtout l'art de guérir les plaies des hommes. J'acquis bientôt une assez grande réputation dans cet art, qui est si nécessaire ; et Apollon, qui m'inspira, me découvrit des secrets merveilleux. Alcine, qui m'aimait de plus en plus, et qui était ravi de voir le succès de ses soins pour moi, m'affranchit[5], et m'envoya à Damoclès, roi de Lycaonie[6], qui, vivant dans les délices, aimait la vie et craignait de la perdre. Ce roi, pour me retenir, me donna de grandes richesses. Quelques années après, Damoclès mourut. Son fils, irrité contre moi par des flatteurs, servit à me dégoûter de toutes les choses qui ont de l'éclat. Je sentis enfin un violent désir de revoir la Lycie, où j'avais passé si doucement mon enfance. J'espérais y retrouver Alcine, qui m'avait nourri,

1 *Érythre*, ville d'Ionie, en Grèce.
2 *Lycie*, province de l'Asie Mineure.
3 *Patare*, ville de Lycie.
4 *Apollon*, voy. page 21, note 5.
5 *M'affranchit*, me rendit la liberté.
6 *Lycaonie*, province située au centre de l'Asie Mineure.

et qui était le premier auteur de toute ma fortune. En arrivant dans ce pays, j'appris qu'Alcine était mort après avoir perdu ses biens et souffert avec beaucoup de constance les malheurs de sa vieillesse. J'allai répandre des fleurs et des larmes sur ses cendres[1] : je mis une inscription honorable sur son tombeau, et je demandai ce qu'étaient devenus ses enfants. On me dit que le seul qui était resté, nommé Orciloque, ne pouvant se résoudre à paraître sans biens dans sa patrie, où son père avait eu tant d'éclat, s'était embarqué dans un vaisseau étranger, pour aller mener une vie obscure dans quelque île écartée de la mer. On m'ajouta que cet Orciloque avait fait naufrage, peu de temps après, vers l'île de Carpathe[2], et qu'ainsi il ne restait plus rien de la famille de mon bienfaiteur Alcine. Aussitôt je songeai à acheter la maison où il avait demeuré, avec les champs fertiles qu'il possédait autour. J'étais bien aise de revoir ces lieux, qui me rappelaient le doux souvenir d'un âge si agréable et d'un si bon maître : il me semblait que j'étais encore dans cette fleur de mes premières années où j'avais servi Alcine. A peine eus-je acheté de ses créanciers les biens de sa succession, que je fus obligé d'aller à Clazomène : mon père Polystrate et ma mère Phidile étaient morts. J'avais plusieurs frères qui vivaient mal ensemble ; aussitôt que je fus arrivé à Clazomène, je me présentai à eux avec un habit simple, comme

[1] *Sur ses cendres.* Les anciens brûlaient les corps des morts, et ils en conservaient les cendres dans des urnes qu'ils plaçaient dans des tombeaux.

[2] *Carpathe*, île de la mer Méditerranée, entre l'île de Crète et celle de Rhodes.

un homme dépourvu de biens, en leur montrant les marques avec lesquelles vous savez qu'on a soin d'exposer les enfants. Ils furent étonnés de voir ainsi augmenter le nombre des héritiers de Polystrate, qui devaient partager sa petite succession ; ils voulurent même me contester ma naissance, et ils refusèrent devant les juges de me reconnaître. Alors, pour punir leur inhumanité, je déclarai que je consentais à être comme un étranger pour eux; et je demandai qu'ils fussent aussi exclus pour jamais d'être mes héritiers. Les juges l'ordonnèrent; et alors je montrai les richesses que j'avais apportées dans mon vaisseau; je leur découvris que j'étais cet Aristonoüs qui avait acquis tant de trésors auprès de Damoclès, roi de Lycaonie, et que je ne m'étais jamais marié.

Mes frères se repentirent de m'avoir traité si injustement; et dans le désir de pouvoir être un jour mes héritiers, ils firent les derniers efforts, mais inutilement, pour s'insinuer dans mon amitié. Leur division fut cause que les biens de notre père furent vendus: je les achetai, et ils eurent la douleur de voir tout le bien de notre père passer dans les mains de celui à qui ils n'avaient pas voulu en donner la moindre partie : ainsi ils tombèrent tous dans une affreuse pauvreté. Mais, après qu'ils eurent assez senti leur faute, je voulus leur montrer mon bon naturel : je leur pardonnai, je les reçus dans ma maison, je leur donnai à chacun de quoi gagner du bien dans le commerce de la mer; je les réunis tous; eux et leurs enfants demeurèrent ensemble paisiblement chez moi; je devins le père commun de toutes ces différentes familles. Par leur union et par leur application au travail, ils amassèrent bientôt des richesses considérables. Cependant la vieillesse, comme vous le voyez, est venue frapper à ma porte : elle a blanchi mes cheveux et ridé mon visage; elle m'avertit que je ne jouirai pas longtemps d'une si parfaite prospérité. Avant que de mourir, j'ai voulu voir encore une dernière fois cette terre qui m'est si chère, et qui me touche plus que ma patrie même, cette Lycie où j'ai appris à être bon et sage sous la conduite du vertueux Alcine. En y repassant par mer, j'ai trouvé un marchand d'une des îles Cyclades[1], qui m'a assuré qu'il restait encore à Délos un fils d'Orciloque, qui imitait la sagesse et la vertu de son grand-père Alcine. Aussitôt j'ai quitté la route de Lycie, et je me suis hâté de venir chercher, sous les auspices d'Apollon, dans son île, ce précieux reste d'une famille à qui je dois tout. Il me reste peu de temps à vivre : la Parque[2], ennemie de ce doux repos que les dieux accordent si rarement aux mortels, se hâtera de trancher mes jours; mais je serai content de mourir pourvu que mes yeux, avant que de se fermer à la lumière, aient vu le petit-fils de mon maître. Parlez maintenant, ô vous qui habitez avec lui dans cette île : le connaissez-vous ? pouvez-vous me dire où je le trouverai? Si vous me le faites voir, puissent les dieux, en récompense, vous faire voir sur vos genoux les enfants de vos enfants jusqu'à la cinquième génération ! puissent

[1] *Cyclades*, îles de la mer Égée.

[2] Les *Parques* étaient les déesses qui présidaient à la vie des mortels. Elles étaient trois, Clotho, Lachésis et Atropos, et dévidaient, filaient et coupaient le fil de la vie des hommes.

les dieux conserver toute votre maison dans la paix et dans l'abondance, pour fruit de votre vertu ! »

Pendant qu'Aristonoüs parlait ainsi, Sophronyme versait des larmes mêlées de joie et de douleur. Enfin il se jette, sans pouvoir parler, au cou du vieillard ; il l'embrasse, il le serre, et il pousse avec peine ces paroles entrecoupées de soupirs : « Je suis, ô mon père ! celui que vous cherchez : vous voyez Sophronyme, petit-fils de votre ami Alcine : c'est moi ; et je ne puis douter, en vous écoutant, que les dieux ne vous aient envoyé ici pour adoucir mes maux. La reconnaissance, qui semblait perdue sur la terre, se retrouve en vous seul. J'avais ouï dire, dans mon enfance, qu'un homme célèbre et riche, établi en Lycaonie, avait été nourri chez mon grand-père ; mais comme Orciloque, mon père, qui est mort jeune, me laissa au berceau, je n'ai su ces choses que confusément. Je n'ai osé aller en Lycaonie dans l'incertitude, et j'ai mieux aimé demeurer dans cette île, me consolant dans mes malheurs par le mépris des vaines richesses, et par le doux emploi de cultiver les Muses[1] dans la maison sacrée d'Apollon. La sagesse, qui accoutume les hommes à se passer de peu[2] et à être tranquilles, m'a tenu lieu jusqu'ici de tous les autres biens. »

En achevant ses paroles, Sophronyme, se voyant arrivé au temple, proposa à Aristonoüs d'y faire sa prière et ses offrandes. Ils firent au dieu un sacrifice[3] de deux brebis plus blanches que la neige,

[1] *Cultiver les Muses*, voy. page 96, note 3.
[2] C'est-à-dire, *à se contenter de peu*.
[3] *Sacrifice*, voy. page 95, note 2.

et d'un taureau qui avait un croissant sur le front, entre les deux cornes; ensuite ils chantèrent des vers en l'honneur du dieu qui éclaire l'univers, qui règle les saisons, qui préside aux sciences, et qui anime le chœur des neuf Muses [1]. Au sortir du temple, Sophronyme et Aristonoüs passèrent le reste du jour à se raconter leurs aventures. Sophronyme reçut chez lui le vieillard avec la tendresse et le respect qu'il aurait témoignés à Alcine même, s'il eût été encore vivant. Le lendemain, ils partirent ensemble, et firent voile vers la Lycie. Aristonoüs mena Sophronyme dans une fertile campagne, sur le bord du fleuve Xanthe [2], dans les ondes duquel Apollon, au retour de la chasse, couvert de poussière, a tant de fois plongé son corps et lavé ses beaux cheveux blonds. Ils trouvèrent, le long de ce fleuve, des peupliers et des saules, dont la verdure tendre et naissante cachait les nids d'un nombre infini d'oiseaux, qui chantaient nuit et jour. Le fleuve, tombant d'un rocher avec beaucoup de bruit et d'écume, brisait ses flots dans un canal plein de petits cailloux : toute la plaine était couverte de moissons dorées; les collines, qui s'élevaient en amphithéâtre, étaient chargées de ceps de vignes et d'arbres fruitiers. Là, toute la nature était riante et gracieuse; le ciel était doux et serein [3], et la terre toujours prête à tirer de son sein de nouvelles richesses pour payer les peines du laboureur. En s'avançant le long du fleuve, Sophronyme aperçut une maison simple et médiocre, mais d'une architecture

[1] Ce dieu est Apollon.
[2] *Xanthe*, fleuve de Lycie.
[3] *Serein*, clair et calme.

agréable, avec de justes proportions. Il n'y trouva ni marbre, ni or, ni argent, ni ivoire, ni meubles de pourpre : tout y était propre, et plein d'agrément et de commodité, sans magnificence. Une fontaine coulait au milieu de la cour, et formait un petit canal le long d'un tapis vert. Les jardins n'étaient point vastes; on y voyait des fruits et des plantes utiles pour nourrir les hommes : aux deux côtés du jardin paraissaient deux bocages, dont les arbres étaient presque aussi anciens que la terre leur mère, et dont les rameaux épais faisaient une ombre impénétrable aux rayons du soleil. Ils entrèrent dans un salon, où ils firent un doux repas des mets que la nature fournissait dans les jardins, et on n'y voyait rien de ce que la délicatesse des hommes va chercher si loin et si chèrement dans les villes; c'était du lait aussi doux que celui qu'Apollon avait le soin de traire, pendant qu'il était berger chez le roi Admète[1]; c'était du miel plus exquis que celui des abeilles d'Hybla en Sicile[2], ou du mont Hymette dans l'Attique[3]: il y avait des légumes du jardin, et des fruits qu'on venait de cueillir. Un vin plus délicieux que le nectar[4] coulait de grands vases dans des coupes ciselées. Pendant ce repas frugal, mais doux et tranquille, Aristonoüs ne voulut point se mettre à table. D'abord il fit ce qu'il put, sous divers pré-

[1] Voy. page 21, note 3.

[2] *Hybla*, montagne de la Sicile, célèbre par le miel qu'on y recueillait. La Sicile est une grande île de la mer Méditerranée.

[3] Le mont *Hymette* était situé près d'Athènes, capitale de l'*Attique*, presqu'île de la Grèce. Cette montagne était célèbre aussi par le miel qu'on y trouvait.

[4] *Nectar*, voy. page 13, note 3.

textes, pour cacher sa modestie : mais enfin, comme Sophronyme voulut le presser, il déclara qu'il ne se résoudrait jamais à manger avec le petit-fils d'Alcine, qu'il avait si longtemps servi dans la même salle. « Voilà, lui disait-il, où ce sage vieillard avait accoutumé de manger ; voilà où il conversait avec ses amis ; voilà où il jouait à divers jeux ; voici où il se promenait en lisant Hésiode et Homère[1] ; voici où il se reposait la nuit. » En rappelant ces circonstances, son cœur s'attendrissait, et les larmes coulaient de ses yeux. Après le repas, il mena Sophronyme voir la belle prairie où erraient ses grands troupeaux mugissants, sur le bord du fleuve ; puis ils aperçurent les troupeaux de moutons qui revenaient des gras pâturages ; les mères bêlantes et pleines de lait y étaient suivies de leurs petits agneaux bondissants. On voyait partout les ouvriers empressés, qui animaient le travail pour l'intérêt de leur maître doux et humain, qui se faisait aimer d'eux, et leur adoucissait les peines de l'esclavage.

Aristonoüs, ayant montré à Sophronyme cette maison, ces esclaves, ces troupeaux, et ces terres devenues si fertiles par une soigneuse culture, lui dit ces paroles : « Je suis ravi de vous voir dans l'ancien patrimoine de vos ancêtres : me voilà content, puisque je vous mets en possession du lieu où j'ai servi si longtemps Alcine. Jouissez en paix de ce qui était à lui ; vivez heureux, et préparez-vous de loin, par votre vigilance, une fin plus douce que la sienne. En même temps il lui fait une donation de ce bien, avec toutes les solennités

[1] *Hésiode.* — *Homère*, voyez page 56, notes 2 et 5.

prescrites par les lois; et il déclare qu'il exclut de sa succession ses héritiers naturels, si jamais ils sont assez ingrats pour contester la donation qu'il a faite au petit-fils d'Alcine son bienfaiteur. Mais ce n'est pas assez pour contenter le cœur d'Aristonoüs. Avant que de donner sa maison, il l'orne tout entière de meubles neufs, simples et modestes à la vérité, mais propres et agréables : il remplit les greniers des riches présents de Cérès[1], et les celliers d'un vin de Chio, digne d'être servi par la main d'Hébé[2] ou de Ganymède[3] à la table du grand Jupiter; il y met aussi du vin Praménien, avec une abondante provision de miel d'Hymette et d'Hybla, et d'huile d'Attique[4], presque aussi douce que le miel même. Enfin il y ajoute d'innombrables toisons d'une laine fine et blanche comme la neige, riche dépouille des tendres brebis qui paissaient sur les montagnes d'Arcadie[5] et dans les gras pâturages de Sicile. C'est en cet état qu'il donne sa maison à Sophronyme : il lui donne encore cinquante talents euboïques[6], et réserve à ses parents les biens qu'il possède dans la péninsule de Clazomène, aux environs de Smyrne, de Lébède et de Colophon[7], qui étaient d'un très-grand prix. La donation étant faite, Aristonoüs se rem-

1 *Cérès*, voy. page 91, note 1.

2 *Hébé*, déesse de la jeunesse, chargée de verser le nectar aux dieux.

3 *Ganymède*, jeune Troyen qui fut enlevé par l'aigle de Jupiter et qui fut chargé de verser le nectar à la place d'Hébé.

4 *Attique*, contrée du Péloponnèse, fertile en oliviers.

5 *Arcadie*, contrée du Péloponnèse.

6 *Euboïques*, c'est-à-dire, de l'île d'Eubée, dans la mer Égée. Le talent euboïque valait 5,840 fr. de notre monnaie

7 Villes de l'Asie Mineure.

barque dans son vaisseau, pour retourner dans l'Ionie. Sophronyme, étonné et attendri par des bienfaits si magnifiques, l'accompagne jusqu'au vaisseau les larmes aux yeux, le nommant toujours son père et le serrant entre ses bras. Aristonoüs arriva bientôt chez lui par une heureuse navigation : aucun de ses parents n'osa se plaindre de ce qu'il venait de donner à Sophronyme. « J'ai laissé, leur disait-il, pour dernière volonté dans mon testament, cet ordre, que tous mes biens seront vendus et distribués aux pauvres de l'Ionie, si jamais aucun de vous s'oppose au don que je viens de faire au petit-fils d'Alcine. »

Le sage vieillard vivait en paix, et jouissait des biens que les dieux avaient accordés à sa vertu. Chaque année, malgré sa vieillesse, il faisait un voyage en Lycie pour revoir Sophronyme, et pour aller faire un sacrifice sur le tombeau d'Alcine, qu'il avait enrichi des plus beaux ornements de l'architecture et de la sculpture. Il avait ordonné que ses propres cendres [1], après sa mort, seraient portées dans le même tombeau afin qu'elles reposassent avec celles de son cher maître. Chaque année, au printemps, Sophronyme, impatient de le revoir, avait sans cesse les yeux tournés vers le rivage de la mer, pour tâcher de découvrir le vaisseau d'Aristonoüs, qui arrivait dans cette saison. Chaque année, il avait le plaisir de voir venir de loin, au travers des ondes amères [2], ce vaisseau qui lui était si cher ; et la venue de ce vaisseau lui était infiniment plus douce que toutes les grâ-

[1] *Cendres*, voy. page 100, note 1.

[2] Expression poétique pour dire *la mer*, dont l'eau est si salée qu'elle est pleine d'amertume.

ces de la nature renaissante au printemps, après les rigueurs de l'affreux hiver.

Une année, il ne voyait point venir, comme les autres, ce vaisseau tant désiré; il soupirait amèrement; la tristesse et la crainte étaient peintes sur son visage; le doux sommeil fuyait loin de ses yeux; nul mets exquis ne lui semblait doux : il était inquiet, alarmé du moindre bruit; toujours tourné vers le port, il demandait à tous moments si on n'avait point vu quelque vaisseau venu d'Ionie. Il en vit un; mais, hélas ! Aristonoüs n'y était pas, il ne portait que ses cendres dans une urne d'argent. Amphiclès, ancien ami du mort, et à peu près du même âge, fidèle exécuteur de ses dernières volontés, apportait tristement cette urne. Quand il aborda Sophronyme, la parole leur manqua à tous deux, et ils ne s'exprimèrent que par leurs sanglots. Sophronyme, ayant baisé l'urne et l'ayant arrosée de ses larmes, parla ainsi : « O vieillard ! vous avez fait le bonheur de ma vie, et vous me causez maintenant la plus cruelle de toutes les douleurs : je ne vous verrai plus; la mort me serait douce pour vous voir, et pour vous suivre dans les Champs Élysées [1], où votre ombre jouit de la bienheureuse paix que les dieux justes réservent à la vertu. Vous avez ramené en nos jours la justice, la piété et la reconnaissance sur la terre : vous avez montré dans un siècle de fer la bonté et l'innocence de l'âge d'or [2]. Les dieux, avant que de vous couronner dans le séjour des justes, vous ont accordé ici-bas une

[1] Lieux, dans les enfers des païens, où séjournaient les âmes des justes après leur mort.

[2] Voy. page 11, note 7.

vieillesse heureuse, agréable et longue : mais, hélas ! ce qui devrait toujours durer n'est jamais assez long. Je ne sens plus aucun plaisir à jouir de vos dons, puisque je suis réduit à en jouir sans vous. O chère ombre ! quand est-ce que je vous suivrai ? Précieuses cendres, si vous pouvez sentir encore quelque chose, vous ressentirez sans doute le plaisir d'être mêlées à celles d'Alcine. Les miennes s'y mêleront aussi un jour. En attendant, toute ma consolation sera de conserver ces restes de ce que j'ai le plus aimé. O Aristonoüs ! ô Aristonoüs ! non, vous ne mourrez point, et vous vivrez toujours dans le fond de mon cœur. Plutôt m'oublier moi-même, que d'oublier jamais cet homme si aimable, qui m'a tant aimé, qui aimait tant la vertu, à qui je dois tout. »

Après ces paroles entrecoupées de profonds soupirs, Sophronyme mit l'urne dans le tombeau d'Alcine : il immola plusieurs victimes, dont le sang inonda les autels de gazon qui environnaient le tombeau ; il répandit des libations abondantes de vin et de lait [1] ; il brûla des parfums venus du fond de l'Orient, et il s'éleva un nuage odoriférant au milieu des airs. Sophronyme établit à jamais, pour toutes les années, dans la même saison, des jeux funèbres [2] en l'honneur d'Alcine et d'Aristonoüs. On y venait de la Carie [3], heureuse et fertile contrée ; des bords enchantés du Méandre [4], qui se joue par tant de détours, et qui semble

[1] C'est-à-dire, *il arrosa de vin et de lait*, etc.

[2] *Jeux funèbres*. Ils consistaient en combats qu'on exécutait autour du bûcher où le mort avait été brûlé, ou autour de son tombeau.

[3] *Carie*, province de l'Asie Mineure.

[4] *Méandre*, fleuve d'Ionie.

quitter à regret le pays qu'il arrose; des rives toujours vertes du Caystre[1]; des bords du Pactole[2], qui roule sous ses flots un sable doré; de la Pamphylie[3], que Cérès, Pomone et Flore[4] ornent à l'envi; enfin des vastes plaines de la Cilicie[5], arrosées comme un jardin par les torrents qui tombent du mont Taurus[6], toujours couvert de neige. Pendant cette fête si solennelle, les jeunes garçons et les jeunes filles, vêtus de robes traînantes de lin plus blanches que les lis, chantaient des hymnes à la louange d'Alcine et d'Aristonoüs; car on ne pouvait louer l'un sans louer aussi l'autre, ni séparer deux hommes si étroitement unis, même après leur mort.

Ce qu'il y eut de plus merveilleux, c'est que, dès le premier jour, pendant que Sophronyme faisait les libations de vin et de lait, un myrte d'une verdure et d'une odeur exquise naquit au milieu du tombeau, et éleva tout à coup sa tête touffue, pour couvrir les deux urnes de ses rameaux et de son ombre : chacun s'écria qu'Aristonoüs, en récompense de sa vertu, avait été changé par les dieux en un arbre si beau. Sophronyme prit soin de l'arroser lui-même, et de l'honorer comme une divinité. Cet arbre, loin de vieillir, se renouvelle de dix ans en dix ans : et les dieux ont voulu faire voir, par cette merveille, que la vertu, qui jette un

1 *Caystre*, autre fleuve d'Ionie.

2 *Pactole*, fleuve de Lydie.

3 *Pamphylie*, province de l'Asie Mineure.

4 *Cérès*, *Pomone*, *Flore*, voy. page 91, note 1, et page 27, note 5.

5 *Cilicie*, province de l'Asie Mineure.

6 *Taurus*, chaîne de montagnes qui traverse une grande partie de l'Asie Mineure.

si doux parfum dans la mémoire des hommes, ne meurt jamais.

VARIANTE POUR LA PAGE 99.

A la place du petit épisode de *Damoclès*, il y avait, dans toutes les éditions des *Aventures d'Aristonoüs*, qui furent publiées du vivant de Fénelon à la suite du *Télémaque*, un autre épisode que nous allons donner. Il paraît que Fénelon le supprima, sans doute parce qu'il le trouva trop long pour un ouvrage aussi court, car il ne se trouve point dans l'édition des *Fables* faite en 1718, sur ses manuscrits.

Alcine, qui m'aimait de plus en plus, et qui était ravi de voir le succès de ses soins pour moi, m'affranchit, et m'envoya à Polycrate, tyran[1] de Samos[2], qui, dans son incroyable félicité, craignait toujours que la fortune, après l'avoir si longtemps flatté, ne le trahît cruellement. Il aimait la vie, qui était pour lui pleine de délices; il craignait de la perdre, et voulait prévenir les moindres apparences de maux: ainsi il était toujours environné des hommes les plus célèbres dans la médecine.

Polycrate fut ravi que je voulusse passer ma vie auprès de lui. Pour m'y attacher, il me donna de grandes richesses, et me combla d'honneurs. Je demeurai longtemps à Samos, où je ne pouvais pas assez m'étonner de voir un homme que la fortune semblait prendre plaisir à servir selon tous ses désirs. Il suffisait qu'il entreprît une guerre, la victoire suivait de près; il n'avait qu'à vouloir les choses les plus difficiles, elles se faisaient d'abord comme d'elles-mêmes. Ses richesses immenses se multipliaient tous les jours; tous ses ennemis étaient abattus à ses pieds; sa santé, loin

[1] *Tyran*, chez les Grecs, ne signifiait souvent autre chose que prince.

[2] *Samos*, île voisine de la côte d'Ionie.

de diminuer, devenait plus forte et plus égale. Il y avait déjà quarante ans que ce tyran, tranquille et heureux, tenait la fortune comme enchaînée, sans qu'elle osât jamais se démentir en rien, ni lui causer le moindre mécompte dans tous ses desseins. Une prospérité si inouïe parmi les hommes me faisait peur pour lui. Je l'aimais sincèrement, et je ne pus m'empêcher de lui découvrir ma crainte : elle fit impression dans son cœur; car, encore qu'il fût amolli par les délices, et enorgueilli de sa puissance, il ne laissait pas d'avoir quelques sentiments d'humanité, quand on le faisait ressouvenir des dieux et de l'inconstance des choses humaines. Il souffrit que je lui disse la vérité, et il fut si touché de ma crainte pour lui, qu'enfin il résolut d'interrompre le cours de ses prospérités par une perte qu'il voulait se préparer lui-même. « Je vois bien, me dit-il, qu'il n'y a point d'homme qui ne doive en sa vie éprouver quelque disgrâce de la fortune : plus on a été épargné d'elle, plus on a à craindre quelque révolution affreuse ; moi qu'elle a comblé de biens pendant tant d'années, je dois en attendre des maux extrêmes, si je ne détourne ce qui semble me menacer. Je veux donc me hâter de prévenir les trahisons de cette fortune flatteuse. » En disant ces paroles, il tira de son doigt son anneau, qui était d'un très-grand prix, et qu'il aimait fort; il le jeta, en ma présence, du haut d'une tour dans la mer, et espéra, par cette perte, d'avoir satisfait à la nécessité de subir, du moins une fois en sa vie, les rigueurs de la fortune. Mais c'était un aveuglement causé par sa prospérité. Les maux qu'on choisit, et qu'on se fait soi-même, ne sont plus des maux; nous ne sommes affligés que par les peines forcées et imprévues dont les dieux nous frappent. Polycrate ne savait pas que le vrai moyen de prévenir la fortune était de se détacher par sagesse et par modération de tous les biens fragiles qu'elle donne. La fortune, à laquelle il voulut sacrifier son anneau, n'accepta point ce sacrifice; et Polycrate, malgré lui, parut plus heureux que jamais. Un poisson avait avalé l'anneau; le poisson avait été pris, porté chez Polycrate, préparé pour être servi à sa table; et l'anneau, trouvé par un cuisinier dans le ventre du poisson, fut rendu au tyran, qui pâlit à la vue d'une fortune si opiniâtre à le favoriser, Mais le temps s'approchait où ses prospérités se devaient changer tout à coup en des adversités affreuses. Le grand roi de Perse[1], Darius, fils d'Hystaspe, entreprit la guerre contre les Grecs. Il subjugua bientôt toutes les colonies grecques de la côte d'Asie, et des îles voisines, qui sont dans la mer Egée[2]. Samos fut prise; le tyran fut vaincu, et Oronte, qui commandait pour le grand roi, ayant fait dresser une haute croix, y fit attacher le tyran. Ainsi cet homme, qui avait joui d'une si haute prospérité, et qui n'avait pu même éprouver le malheur qu'il avait cherché, périt tout à coup par le plus cruel et le plus infâme de tous les supplices. Ainsi rien ne menace tant les hommes de quelque grand malheur, qu'une trop grande prospérité.

Cette fortune, qui se joue cruellement des hommes les plus élevés, tire aussi de la poussière

[1] *Perse*, empire d'Asie.

[2] Mer qui s'étend entre les côtes de la Grèce et celles de l'Asie Mineure. Aujourd'hui l'Archipel,

ceux qui étaient les plus malheureux. Elle avait précipité Polycrate du haut de sa roue, et elle m'avait fait sortir de la plus misérable de toutes les conditions, pour me donner de grands biens. Les Perses ne me les ôtèrent point ; au contraire ils firent grand cas de ma science pour guérir les hommes, et de la modération avec laquelle j'avais vécu pendant que j'étais en faveur auprès du tyran. Ceux qui avaient abusé de sa confiance et de son autorité furent punis de divers supplices. Comme je n'avais jamais fait de mal à personne, et que j'avais au contraire fait tout le bien que j'avais pu faire, je demeurai le seul que les victorieux épargnèrent, et qu'ils traitèrent honorablement. Chacun s'en réjouit, car j'étais aimé, et j'avais joui de la prospérité sans envie, parce que je n'avais jamais montré ni dureté, ni orgueil, ni avidité, ni injustice. Je passai encore à Samos quelques années assez tranquillement ; mais je sentis enfin un violent désir de revoir la Lycie, où j'avais passé si doucement mon enfance.

FABLES

QUI SE RAPPORTENT PLUS SPÉCIALEMENT A L'ÉDUCATION D'UN PRINCE [1].

XXX. L'ASSEMBLÉE DES ANIMAUX POUR CHOISIR UN ROI.

Le Lion étant mort, tous les animaux accoururent dans son antre pour consoler la Lionne sa veuve, qui

1 Voy. l'Avertissement, page IX.

faisait retentir de ses cris les montagnes et les forêts. Après lui avoir fait leurs compliments, ils commencèrent l'élection d'un roi : la couronne du défunt était au milieu de l'assemblée. Le Lionceau était trop jeune et trop faible pour obtenir la royauté sur tant de fiers animaux. « Laissez-moi croître, disait-il ; je saurai bien régner et me faire craindre à mon tour. En attendant, je veux étudier l'histoire des belles actions de mon père, pour égaler un jour sa gloire. — Pour moi, dit le Léopard, je prétends être couronné ; car je ressemble plus au Lion que tous les autres prétendants. — Et moi, dit l'Ours, je soutiens qu'on m'avait fait une injustice quand on me préféra le Lion : je suis fort, courageux, carnassier, tout autant que lui ; et j'ai un avantage singulier, qui est de grimper sur les arbres. — Je vous laisse à juger, messieurs, dit l'Éléphant, si quelqu'un peut me disputer la gloire d'être le plus grand, le plus fort et le plus brave de tous les animaux. — Je suis le plus noble et le plus beau, dit le Cheval. — Et moi le plus fin, dit le Renard. — Et moi, le plus léger à la course, dit le Cerf. — Où trouverez-vous, dit le Singe, un roi plus agréable et plus ingénieux que moi ? Je divertirai chaque jour mes sujets. Je ressemble même à l'homme, qui est le véritable roi de la nature. » Le Perroquet alors harangua ainsi : « Puisque tu te vantes de ressembler à l'homme, je puis m'en vanter aussi. Tu ne lui ressembles que par ton laid visage et par quelques grimaces ridicules : pour moi, je lui ressemble par la voix, qui est la marque de la raison et le plus bel ornement de l'homme. — Tais-toi, maudit causeur, lui répondit le Singe : tu parles, mais non pas comme l'homme ; tu dis toujours la même chose, sans entendre ce que tu dis. » L'assemblée se moqua de ces deux mauvais copistes de l'homme, et on donna la couronne à l'Éléphant, parce qu'il a la force et la sagesse, sans avoir ni la cruauté des bêtes furieuses, ni la sotte vanité de tant d'autres qui veulent toujours paraître ce qu'elles ne sont pas.

XXXI. HISTOIRE D'ALIBÉE, PERSAN.

Schah-Abbâs[1], roi de Perse, faisant un voyage, s'écarta de toute sa cour pour passer dans la campagne sans y être connu, et pour y voir les peuples dans toute leur liberté naturelle. Il prit seulement avec lui un de ses courtisans. « Je ne connais point, lui dit le roi, les véritables mœurs des hommes : tout ce qui nous aborde est déguisé ; c'est l'art, et non pas la nature simple, qui se montre à nous. Je veux étudier la vie rustique, et voir ce genre d'hommes qu'on méprise tant, quoiqu'ils soient le vrai soutien de toute la société humaine. Je suis las de voir des courtisans qui m'observent pour me surprendre en me flattant : il faut que j'aille voir des laboureurs et des bergers qui ne me connaissent pas. » Il passa, avec son confident, au milieu de plusieurs villages où l'on faisait des danses, et il était ravi de trouver loin des cours des plaisirs tranquilles et sans dépense. Il fit un repas dans une cabane ; et comme il avait grand'faim, après avoir marché plus qu'à l'ordinaire, les aliments grossiers qu'il y prit lui parurent plus agréables que tous les mets exquis de sa table. En passant dans une prairie semée de fleurs, qui bordait un clair ruisseau, il aperçut un jeune berger qui jouait de la flûte, à l'ombre d'un grand ormeau, auprès de ses moutons paissants. Il l'aborde, il l'examine ; il lui trouve une physionomie agréable, un air simple et ingénu, mais noble et gracieux. Les haillons dont le berger était couvert ne diminuaient point l'éclat de sa beauté. Le roi crut d'abord que c'était quelque personne de naissance illustre qui s'était déguisée ; mais il apprit du berger que son père et sa mère étaient dans un village voisin, et que son nom était Alibée. A mesure que le roi le questionnait, il admirait en lui un esprit ferme et raisonna-

[1] *Schah-Abbâs*, roi ou schah de Perse, fameux par ses talents et par sa cruauté ; il mourut en 1628.

ble. Ses yeux étaient vifs, et n'avaient rien d'ardent ni de farouche; sa voix était douce, insinuante et propre à toucher; son visage n'avait rien de grossier; mais ce n'était pas une beauté molle et efféminée. Le berger, d'environ seize ans, ne savait point qu'il fût tel qu'il paraissait aux autres: il croyait penser, parler, être fait comme tous les autres bergers de son village; mais sans éducation, il avait appris tout ce que la raison fait apprendre à ceux qui l'écoutent. Le roi, l'ayant entretenu familièrement, en fut charmé: il sut de lui sur l'état des peuples tout ce que les rois n'apprennent jamais d'une foule de flatteurs qui les environnent. De temps en temps il riait de la naïveté de cet enfant, qui ne ménageait rien dans ses réponses. C'était une grande nouveauté pour le roi, que d'entendre parler si naturellement: il fit signe au courtisan qui l'accompagnait de ne point découvrir qu'il était le roi; car il craignait qu'Alibée ne perdît en un moment toute sa liberté et toutes ses grâces, s'il venait à savoir devant qui il parlait. « Je vois bien, disait le prince au courtisan, que la nature n'est pas moins belle dans les plus basses conditions que dans les plus hautes. Jamais enfant de roi n'a paru mieux né que celui-ci, qui garde les moutons. Je me trouverais trop heureux d'avoir un fils aussi beau, aussi sensé, aussi aimable. Il me paraît propre à tout, et, si on a soin de l'instruire, ce sera assurément un jour un grand homme: je veux le faire élever auprès de moi. » Le roi emmena Alibée, qui fut bien surpris d'apprendre à qui il s'était rendu agréable. On lui fit apprendre à lire, à écrire, à chanter, et ensuite on lui donna des maîtres pour les arts et pour les sciences qui ornent l'esprit. D'abord il fut un peu ébloui de la cour; et son grand changement de fortune changea un peu son cœur. Son âge et sa faveur jointes ensemble altérèrent un peu sa sagesse et sa modération. Au lieu de sa houlette, de sa flûte et de son habit de berger, il prit une robe de pourpre, brodée d'or, avec un turban couvert de pierreries. Sa beauté effaça tout ce que la cour avait de plus agréable. Il se rendit capable des affaires les plus sérieuses, et mérita la confiance de son maître, qui, connaissant le goût exquis d'Alibée pour toutes les magnificences d'un palais, lui donna enfin une charge très-considérable en Perse, qui est celle de garder tout ce que le prince a de pierreries et de meubles précieux.

Pendant toute la vie du grand Schah-Abbâs, la faveur d'Alibée ne fit que croître. A mesure qu'il s'avança dans un âge plus mûr, il se ressouvint enfin de son ancienne condition, et souvent il la regrettait. « O beaux jours! disait-il en lui-même, jours innocents, jours où j'ai goûté une joie pure et sans péril, jours depuis lesquels je n'en ai vu aucun de si doux, ne vous reverrai-je jamais? Celui qui m'a privé de vous, en me donnant tant de richesses, m'a tout ôté. » Il voulut aller revoir son village; il s'attendrit dans tous les lieux où il avait autrefois dansé, chanté, joué de la flûte avec ses compagnons. Il fit quelque bien à tous ses parents et à tous ses amis; mais il leur souhaita pour principal bonheur de ne quitter jamais la vie champêtre, et de n'éprouver jamais les malheurs de la cour.

Il les éprouva, ces malheurs. Après la mort de son bon maître Schah-Abbâs, son fils Schah-Séphi[1] succéda à ce prince. Des courtisans envieux et pleins d'artifice trouvèrent moyen de le prévenir contre Alibée. « Il a abusé, disaient-ils, de la confiance du feu roi; il a amassé des trésors immenses, et a détourné plusieurs choses d'un très-grand prix, dont il était dépositaire. » Schah-Séphi était tout ensemble jeune et prince; il n'en fallait pas tant pour être crédule, inappliqué, et sans précaution. Il eut la vanité de vouloir paraître réformer ce que le roi son père avait fait, et juger mieux que lui. Pour avoir un prétexte de déposséder Alibée de sa charge, il lui demanda, selon le conseil de ses courtisans envieux, de lui apporter un cimeterre garni de diamants d'un prix immense, que le roi son grand-père

[1] *Schah-Séphi* ou l'Éphy, qui succéda à Schah-Abbâs était, non pas le fils, mais le petit-fils de ce prince.

avait accoutumé de porter dans les combats. Schah-Abbâs avait fait autrefois ôter de ce cimeterre tous ces beaux diamants; et Alibée prouva par de bons témoins que la chose avait été faite par l'ordre du feu roi, avant que la charge eût été donnée à Alibée. Quand les ennemis d'Alibée virent qu'ils ne pouvaient plus se servir de ce prétexte pour le perdre, ils conseillèrent à Schah-Séphi de lui commander de faire, dans quinze jours, un inventaire exact de tous les meubles précieux dont il était chargé. Au bout de quinze jours, il demanda à voir lui-même toutes choses. Alibée lui ouvrit toutes les portes, et lui montra tout ce qu'il avait en garde. Rien n'y manquait; tout était propre, bien rangé, et conservé avec grand soin. Le roi, bien mécompté de trouver partout tant d'ordre et d'exactitude, était presque revenu en faveur d'Alibée, lorsqu'il aperçut, au bout d'une grande galerie, pleine de meubles très-somptueux, une porte de fer qui avait trois grandes serrures. « C'est là, lui dirent à l'oreille les courtisans jaloux, qu'Alibée a caché toutes les choses précieuses qu'il vous a dérobées. » Aussitôt le roi en colère s'écria : « Je veux voir ce qui est au delà de cette porte. Qu'y avez-vous mis? montrez-le-moi. » A ces mots, Alibée se jeta à ses genoux, le conjurant, au nom de Dieu, de ne lui ôter pas ce qu'il avait de plus précieux sur la terre. « Il n'est pas juste, disait-il, que je perde en un moment ce qui me reste, et qui fait ma ressource, après avoir travaillé tant d'années auprès du roi votre père. Otez-moi, si vous voulez, tout le reste; mais laissez-moi ceci. » Le roi ne douta point que ce ne fût un trésor mal acquis qu'Alibée avait amassé. Il prit un ton plus haut, et voulut absolument qu'on ouvrît cette porte. Enfin Alibée, qui en avait les clefs, l'ouvrit lui-même. On ne trouva en ce lieu que la houlette, la flûte, et l'habit de berger qu'Alibée avait porté autrefois, et qu'il revoyait souvent avec joie, de peur d'oublier sa première condition. « Voilà, dit-il, ô grand roi ! les précieux restes de mon ancien bonheur; ni la fortune ni votre puissance n'ont pu me les ôter. Voilà mon trésor, que je garde pour m'enrichir, quand vous m'aurez fait pauvre. Reprenez tout le reste; laissez-moi ces chers gages de mon premier état. Les voilà, mes vrais biens, qui ne me manqueront jamais. Les voilà, ces biens simples, innocents, toujours doux à ceux qui savent se contenter du nécessaire, et ne se tourmenter point pour le superflu. Les voilà, ces biens dont la liberté et la sûreté sont les fruits. Les voilà, ces biens qui ne m'ont jamais donné un moment d'embarras. O chers instruments d'une vie simple et heureuse! je n'aime que vous; c'est avec vous que je veux vivre et mourir. Pourquoi faut-il que d'autres biens trompeurs soient venus me tromper et troubler le repos de ma vie? Je vous les rends, grand roi, toutes ces richesses qui me viennent de votre libéralité: je ne garde que ce j'avais quand le roi votre père vint, par ses grâces, me rendre malheureux. »

Le roi, entendant ces paroles, comprit l'innocence d'Alibée; et, étant indigné contre les courtisans qui l'avaient voulu perdre, il les chassa d'auprès de lui. Alibée devint son principal officier, et fut chargé des affaires les plus secrètes; mais il revoyait tous les jours sa houlette, sa flûte et son ancien habit, qu'il tenait toujours prêts dans son trésor, pour les reprendre, dès que la fortune inconstante troublerait sa faveur. Il mourut dans une extrême vieillesse, sans avoir jamais voulu ni faire punir ses ennemis, ni amasser aucun bien, et ne laissant à ses parents que de quoi vivre dans la condition de bergers, qu'il crut toujours la plus sûre et la plus heureuse.

XXXII. LES DEUX LIONCEAUX.

Deux Lionceaux avaient été nourris ensemble dans la même forêt : ils étaient de même âge, de même taille, de mêmes forces. L'un fût pris dans de grands filets, à une chasse du Grand Mogol [1] : l'autre demeura dans

[1] Nom que portait autrefois le souverain dans la contrée de l'Asie appelée Indostan.

des montagnes escarpées. Celui qu'on avait pris fut mené à la cour, où il vivait dans les délices : on lui donnait chaque jour une gazelle à manger ; il n'avait qu'à dormir dans une loge où on avait soin de le faire coucher mollement. Un eunuque blanc avait soin de peigner deux fois le jour sa longue crinière dorée. Comme il était apprivoisé, le roi même le caressait souvent. Il était gras, poli[1], de bonne mine, et magnifique : car il portait un collier d'or, et on lui mettait aux oreilles des pendants garnis de perles et de diamants : il méprisait tous les autres lions qui étaient dans des loges voisines, moins belles que la sienne, et qui n'étaient pas en faveur comme lui. Ces prospérités lui enflèrent le cœur ; il crut être un grand personnage, puisqu'on le traitait si honorablement. La cour où il brillait lui donna le goût de l'ambition ; il s'imagina qu'il aurait été un héros, s'il eût habité les forêts. Un jour, comme on ne l'attachait plus à sa chaîne, il s'enfuit du palais, et retourna dans le pays où il avait été nourri. Alors le roi de toute la nation lionne venait de mourir, et on avait assemblé les états pour lui choisir un successeur. Parmi beaucoup de prétendants, il y en avait un qui effaçait tous les autres par sa fierté et par son audace ; c'était cet autre Lionceau qui n'avait point quitté les déserts, pendant que son compagnon avait fait fortune à la cour. Le solitaire avait souvent aiguisé son courage par une cruelle faim ; il était accoutumé à ne se nourrir qu'au travers des plus grands périls et par des carnages ; il déchirait et troupeaux et bergers. Il était maigre, hérissé, hideux : le feu et le sang sortaient de ses yeux ; il était léger, nerveux, accoutumé à grimper, à s'élancer, intrépide contre les épieux et les dards. Les deux anciens compagnons demandèrent le combat, pour décider qui régnerait. Mais une vieille Lionne, sage et expérimentée, dont toute la république respectait les

1 *Poli* veut dire, ici, *luisant*, comme dans la fable de La Fontaine, le *Loup et le Chien* (liv. I, fab. 5.) : Un dogue aussi puissant que beau, Gras, *poli*...

conseils, fut d'avis de mettre d'abord sur le trône celui qui avait étudié la politique à la cour. Bien des gens murmuraient, disant qu'elle voulait qu'on préférât un personnage vain et voluptueux à un guerrier qui avait appris, dans la fatigue et dans les périls, à soutenir les grandes affaires. Cependant l'autorité de la vieille Lionne prévalut : on mit sur le trône le Lion de cour. D'abord il s'amollit dans les plaisirs ; il n'aima que le faste ; il usait de souplesse et de ruse, pour cacher sa cruauté et sa tyrannie. Bientôt il fut haï, méprisé, détesté. Alors la vieille Lionne dit : « Il est temps de le détrôner. Je savais bien qu'il était indigne d'être roi, mais je voulais que vous en eussiez un gâté par la mollesse et par la politique, pour vous mieux faire sentir ensuite le prix d'un autre qui a mérité la royauté par sa patience et par sa valeur. C'est maintenant qu'il faut les faire combattre l'un contre l'autre. » Aussitôt on les mit dans un champ clos, où les deux champions servirent de spectacle à l'assemblée. Mais le spectacle ne fut pas long : le Lion amolli tremblait et n'osait se présenter à l'autre : il fuit honteusement et se cache ; l'autre le poursuit, et lui insulte. Tous s'écrièrent : « Il faut l'égorger et le mettre en pièces. — Non : non, répondit-il ; quand on a un ennemi si lâche, il y aurait de la lâcheté à le craindre. Je veux qu'il vive ; il ne mérite pas de mourir. Je saurai bien régner sans m'embarrasser de le tenir soumis. » En effet, le vigoureux Lion régna avec sagesse et autorité. L'autre fut très-content de lui faire bassement sa cour, d'obtenir de lui quelques morceaux de chair, et de passer sa vie dans une oisiveté honteuse.

XXXIII. LE NIL ET LE GANGE [1].

Un jour deux fleuves, jaloux l'un de l'autre, se pré-

[1] *Le Nil*, fleuve qui traverse toute l'Égypte, et qui la fertilise par ses inondations. — *Le Gange*, grand fleuve de l'Indostan.

sentèrent à Neptune[1] pour disputer le premier rang. Le dieu était sur un trône d'or, au milieu d'une grotte profonde. La voûte était de pierres ponces, mêlées de rocailles et de conques marines. Les eaux immenses venaient de tous côtés, et se suspendaient en voûte au-dessus de la tête du dieu. Là paraissaient le vieux Nérée[2], ridé et courbé comme Saturne[3]; le grand Océan[4], père de tant de nymphes; Téthys, pleine de charmes; Amphitrite[5] avec le petit Palémon; Ino et Mélicerte[6]; la foule des jeunes Néréides couronnées de fleurs. Protée[7] même y était accouru avec ses troupeaux marins, qui, de leurs vastes narines ouvertes, avalaient l'onde amère pour la revomir comme des fleuves rapides qui tombent des rochers escarpés. Toutes les petites fontaines transparentes, les ruisseaux bondissants et écumeux, les fleuves qui arrosent la terre, les mers qui l'environnent, venaient apporter le tribut de leurs eaux dans le sein immobile du souverain père des ondes. Les deux fleuves, dont l'un est le Nil et l'autre le Gange, s'avancent. Le Nil tenait dans sa main une palme, et le Gange, ce roseau indien dont la moelle rend un suc si doux que l'on nomme sucre. Ils étaient couronnés de jonc. La vieillesse des deux était également majestueuse et vénérable. Leurs corps nerveux étaient d'une vigueur et d'une noblesse au-dessus de l'homme. Leur barbe, d'un vert bleuâtre, flottait jusqu'à leur ceinture; leurs yeux étaient vifs et étincelants, malgré un séjour si hu-

[1] *Neptune*, dieu de la mer, frère de Jupiter et de Pluton.

[2] *Nérée*, dieu marin, père des Néréides.

[3] *Saturne*, ou le Temps, père de Jupiter, de Neptune et de Pluton.

[4] *Océan*, fils du ciel et de Vesta, et époux de Téthys.

[5] *Amphitrite*, épouse de Neptune et déesse de la mer.

[6] *Ino*, *Mélicerte*, *Palémon*. Ino s'étant précipitée dans la mer avec son fils *Mélicerte*, Neptune les métamorphosa tous les deux en divinités marines. Mélicerte prit alors le nom de Palémon.

[7] Voy. page 55, note 1.

mide. Leurs sourcils épais et mouillés tombaient sur leurs paupières. Ils traversent la foule des monstres marins ; les troupeaux de Tritons [1] folâtres sonnaient de la trompette avec leurs conques recourbées ; les dauphins s'élevaient au-dessus de l'onde, qu'ils faisaient bouillonner par les mouvements de leurs queues, et ensuite se replongeaient dans l'eau avec un bruit effroyable, comme si les abîmes se fussent ouverts.

Le Nil parla le premier ainsi : « O grand fils de Saturne, qui tenez le vaste empire des eaux, compatissez à ma douleur ; on m'enlève injustement la gloire dont je jouis depuis tant de siècles : un nouveau fleuve, qui ne coule qu'en des pays barbares, ose me disputer le premier rang. Avez-vous oublié que la terre d'Égypte, fertilisée par mes eaux, fut l'asile des dieux, quand les géants voulurent escalader l'Olympe? C'est moi qui donne à cette terre son prix : c'est moi qui fais l'Egypte si délicieuse et si puissante. Mon cours est immense : je viens de ces climats brûlants dont les mortels n'osent approcher ; et quand Phaéton [2], sur le char du Soleil, embrasait les terres, pour l'empêcher de faire tarir mes eaux, je cachai si bien ma tête superbe, qu'on n'a point encore pu, depuis ce temps-là, découvrir où est ma source et mon origine. Au lieu que les débordements déréglés des autres fleuves ravagent les campagnes, le mien, toujours régulier, répand l'abondance dans ces heureuses terres d'Egypte, qui sont plutôt un beau jardin qu'une campagne. Mes eaux dociles se partagent en autant de canaux qu'il plaît aux habitants, pour arroser leurs terres et pour faciliter leur commerce. Tous mes bords sont pleins de villes, et on en compte jusques à vingt mille dans la seule Egypte. Vous savez que mes ca-

[1] Dieux marins, moitié hommes, moitié poissons.

[2] *Phaéton*, fils d'Apollon, obtint de son père de conduire un jour le char du soleil. Mais il ne put se faire obéir des chevaux; ce qui donna lieu à un effroyable désordre. Jupiter, pour y mettre fin, foudroya Phaéton.

tadoupes ou cataractes [1] font une chute merveilleuse de toutes mes eaux de certains rochers en bas, au-dessus des plaines d'Egypte. On dit même que le bruit de mes eaux, dans cette chute, rend sourds tous les habitants du pays. Sept bouches différentes apportent mes eaux dans votre empire, et le Delta [2] qu'elles forment est la demeure du plus sage, du plus savant, du mieux policé et du plus ancien peuple de l'univers : il compte beaucoup de milliers d'années dans son histoire et dans la tradition de ses prêtres. J'ai donc pour moi la longueur de mon cours, l'ancienneté de mes peuples, les merveilles des dieux accomplies sur mes rivages, la fertilité des terres par mes inondations, la singularité de mon origine inconnue. Mais pourquoi raconter tous ces avantages contre un adversaire qui en a si peu? Il sort des terres sauvages et glacées des Scythes [3], se jette dans une mer qui n'a aucun commerce qu'avec des barbares; ces pays ne sont célèbres que pour avoir été subjugués par Bacchus [4], suivi d'une troupe de femmes ivres et échevelées, dansant avec des thyrses [5] en main. Il n'a sur ses bords ni peuples polis et savants, ni villes magnifiques, ni monuments de la bienveillance des dieux : c'est un nouveau venu qui se vante sans preuve. O puissant Dieu! qui commandez aux vagues et aux tempêtes, confondez sa témérité. »

« C'est la vôtre qu'il faut confondre, répliqua alors

[1] On appelle *cataracte* dans un fleuve ou une grande rivière, ce qu'on appelle *cascade* dans un cours d'eau moins considérable. *Catadoupe* n'est plus usité aujourd'hui.

[2] Le *Delta* est une lettre grecque correspondant à notre *d* et ayant la forme d'un triangle. On appelait Delta la partie de la basse Égypte, qui, comprise entre la mer et les deux bras principaux du Nil, présente la forme triangulaire. On étendait aussi ce nom à toute la basse Égypte.

[3] *Scythes*. Les anciens nommaient ainsi tous les peuples qui habitaient au nord de l'Asie.

[4] *Bacchus*, dieu du vin, avait parcouru en conquérant la plus grande partie de l'Asie.

[5] *Thyrse*, voy. page 2, note 3.

le Gange. Vous êtes, il est vrai, plus anciennement connu; mais vous n'existiez pas avant moi. Comme vous, je descends de hautes montagnes, je parcours de vastes pays, je reçois le tribut de beaucoup de rivières, je me rends par plusieurs bouches dans le sein des mers, et je fertilise les plaines que j'inonde. Si je voulais, à votre exemple, donner dans le merveilleux, je dirais, avec les Indiens, que je descends du ciel, et que mes eaux bienfaisantes ne sont pas moins salutaires à l'âme qu'au corps. Mais ce n'est pas devant le dieu des fleuves et des mers qu'il faut se prévaloir de ces prétentions chimériques. Créé cependant quand le monde sortit du chaos [1], plusieurs écrivains me font naître dans le jardin des délices qui fut le séjour du premier homme. Mais ce qu'il y a de certain, c'est que j'arrose encore plus de royaumes que vous; c'est que je parcours des terres aussi riantes et aussi fécondes; c'est que je roule cette poudre d'or si recherchée, et peut-être si funeste au bonheur des hommes; c'est qu'on trouve sur mes bords des perles, des diamants, et tout ce qui sert à l'ornement des temples et des mortels; c'est qu'on voit sur mes rives des édifices superbes et qu'on y célèbre de longues et magnifiques fêtes. Les Indiens, comme les Egyptiens, ont aussi leurs antiquités, leurs métamorphoses, leurs fables; mais ce qu'ils ont de plus qu'eux, ce sont d'illustres gymnosophistes [2], des philosophes éclairés. Qui de vos prêtres si renommés pourriez-vous comparer au fameux Pilpay [3]? Il a enseigné aux princes les principes de la morale et l'art de gouverner avec justice et bonté. Ses apologues ingé-

[1] *Chaos* signifie l'état de confusion où se trouvait la matière au moment de la création et avant que Dieu lui eût donné l'ordre et l'arrangement que nous voyons. On prononce *caos*.

[2] *Gymnosophistes*, anciens philosophes de l'Inde.

[3] *Pilpay* ou *Bidpaï*, auteur présumé d'apologues célèbres écrits en sanscrit, ancienne langue de l'Inde.

nieux ont rendu son nom immortel; on les lit, mais on n'en profite guère dans les Etats que j'enrichis; et ce qui fait notre honte à tous les deux, c'est que nous ne voyons sur nos bords que des princes malheureux, parce qu'ils n'aiment que les plaisirs et une autorité sans bornes; c'est que nous ne voyons dans les plus belles contrées du monde que des peuples misérables, parce qu'ils sont presque tous esclaves, presque tous victimes des volontés arbitraires et de la cupidité insatiable des maîtres qui les gouvernent, ou plutôt qui les écrasent. A quoi me servent donc et l'antiquité de mon origine, et l'abondance de mes eaux, et tout le spectacle des merveilles que j'offre au navigateur? Je ne veux ni les honneurs ni la gloire de la préférence, tant que je ne contribuerai pas plus au bonheur de la multitude, tant que je ne servirai qu'à entretenir la mollesse ou l'avidité de quelques tyrans fastueux et inappliqués. Il n'y a rien de grand, rien d'estimable, que ce qui est utile au genre humain. »

Neptune et l'assemblée des dieux marins applaudirent au discours du Gange, louèrent sa tendre compassion pour l'humanité vexée et souffrante. Ils lui firent espérer que, d'une autre partie du monde, il se transporterait dans l'Inde des nations policées et humaines, qui pourraient éclairer les princes sur leur vrai bonheur, et leur faire comprendre qu'il consiste principalement, comme il le croyait avec tant de vérité, à rendre heureux tous ceux qui dépendent d'eux, et à les gouverner avec sagesse et modération.

FABLES

ATTRIBUÉES A FÉNELON [1].

XXXIV. HISTOIRE DE LA REINE GISÈLE ET DE LA FÉE CORYSANTE.

Il était une fois une reine nommée Gisèle, qui avait beaucoup d'esprit et un grand royaume. Son palais était tout de marbre ; le toit était d'argent ; tous les meubles qui sont ailleurs de fer ou de cuivre, étaient couverts de diamants. Cette reine était fée [2]; et elle n'avait qu'à faire des souhaits, aussitôt tout ce qu'elle voulait ne manquait pas d'arriver. Il n'y avait qu'un seul point qui ne dépendait pas d'elle ; c'est qu'elle avait cent ans, et elle ne pouvait se rajeunir. Elle avait été plus belle que le jour, et elle était devenue si laide et si horrible, que les gens mêmes qui venaient lui faire la cour cherchaient, en lui parlant, des prétextes pour tourner la tête, de peur de la regarder. Elle était toute courbée, tremblante, boiteuse, ridée, crasseuse, chassieuse, toussant et crachant toute la journée avec une saleté qui faisait bondir le cœur. Elle était borgne et presque aveugle ; ses yeux de travers avaient une bordure d'écarlate : enfin elle avait une barbe grise au menton. En cet état, elle ne pouvait se regarder elle-même, et elle avait fait casser tous les miroirs de son palais. Elle n'y pouvait souffrir aucune jeune personne d'une figure raisonnable. Elle ne se faisait servir que par des gens borgnes, bossus, boiteux et estropiés.

Un jour on présenta à la reine une jeune fille de quinze ans, d'une merveilleuse beauté, nommée Corysante. D'abord elle se récria : « Qu'on ôte cet objet de devant

[1] Voy. l'Avertissement page IX.

[2] *Fée*, voy. page 64, note 1.

mes yeux! » Mais la mère de cette jeune fille lui dit : « Madame, ma fille est fée, et elle a le pouvoir de vous donner en un moment toute sa jeunesse et toute sa beauté. » La reine, détournant ses yeux, répondit : « Eh bien? que faut-il lui donner en récompense?— Tous vos trésors, et votre couronne même, lui répondit la mère. — C'est de quoi je ne me dépouillerai jamais, s'écria la reine; j'aime mieux mourir. » Cette offre ayant été rebutée, la reine tomba malade d'une maladie qui la rendait si puante et si infecte, que ses femmes n'osaient approcher d'elle pour la servir, et que ses médecins jugèrent qu'elle mourrait dans peu de jours. Dans cette extrémité, elle envoya chercher la jeune fille, et la pria de prendre sa couronne et tous ses trésors, pour lui donner sa jeunesse avec sa beauté. La jeune fille lui dit: « Si je prends votre couronne et vos trésors en vous donnant ma beauté et mon âge, je deviendrai tout à coup vieille et difforme comme vous. Vous n'avez pas voulu d'abord faire ce marché, et moi j'hésite à mon tour pour savoir si je dois le faire. » La reine la pressa beaucoup; et comme la jeune fille sans expérience était fort ambitieuse, elle se laissa toucher au plaisir d'être reine. Le marché fut conclu. En un moment Gisèle se redressa, et sa taille devint majestueuse ; son teint prit les plus belles couleurs ; ses yeux parurent vifs, la fleur de la jeunesse se répandit sur son visage ; elle charma toute l'assemblée. Mais il fallut qu'elle se retirât dans un village, et sous une cabane, étant couverte de haillons. Corysante, au contraire, perdit tous ses agréments, et devint hideuse. Elle demeura dans ce superbe palais, et commanda en reine. Dès qu'elle se vit dans un miroir, elle soupira, et dit qu'on n'en présentât jamais aucun devant elle. Elle chercha à se consoler par ses trésors; mais son or et ses pierreries ne l'empêchaient point de souffrir tous les maux de la vieillesse. Elle voulait danser, comme elle était accoutumée à le faire avec ses compagnes, dans des prés fleuris à l'ombre des bocages; mais elle ne pouvait plus se soutenir qu'avec un bâton.

Elle voulait faire des festins; mais elle était si languissante et si dégoûtée, que les mets les plus délicieux lui faisaient mal au cœur. Elle n'avait même aucune dent, et ne pouvait se nourrir que d'un peu de bouillie. Elle voulait entendre des concerts de musique; mais elle était sourde. Alors elle regretta sa jeunesse et sa beauté, qu'elle avait follement quittées pour une couronne et pour des trésors dont elle ne pouvait se servir. De plus, elle qui avait été bergère et qui était accoutumée à passer les jours à chanter en conduisant ses moutons, elle était à tout moment importunée des affaires difficiles qu'elle ne pouvait point régler. D'un autre côté, Gisèle, accoutumée à régner, à posséder tous les plus grands biens, avait déjà oublié les incommodités de la vieillesse; elle était inconsolable de se voir si pauvre : « Quoi! disait-elle, serai-je toujours couverte de haillons? A quoi me sert toute ma beauté, sous cet habit crasseux et déchiré? A quoi me sert-il d'être belle, pour n'être vue que dans un village par des gens si grossiers? On me méprise; je suis réduite à servir et à conduire des bêtes. Hélas! j'étais reine; je suis bien malheureuse d'avoir quitté ma couronne et tant de trésors! Oh! si je pouvais les ravoir! Il est vrai que je mourrais bientôt; eh bien! les autres reines ne meurent-elles pas? Ne faut-il pas avoir le courage de souffrir et de mourir, plutôt que de faire une bassesse pour devenir jeune? » Corysante sent que Gisèle regrettait son premier état, et lui dit qu'en qualité de fée elle pouvait faire un second échange. Chacune reprit son premier état. Gisèle redevint reine, mais vieille et horrible; Corysante reprit ses charmes et la pauvreté de bergère, Bientôt Gisèle, accablée de maux, s'en repentit, et déplora son aveuglement; mais Corysante, qu'elle pressait de changer encore, lui répondit : «J'ai maintenant éprouvé les deux conditions: j'aime mieux être jeune et manger du pain noir, et chanter tous les jours en gardant mes moutons, que d'être reine comme vous dans le chagrin et dans la douleur. »

XXXV. HISTOIRE D'UNE JEUNE PRINCESSE.

Il y avait une fois un roi et une reine qui n'avaient point d'enfants. Ils en étaient si fâchés, si fâchés, que personne n'a jamais été plus fâché. Enfin la reine devint grosse, et accoucha d'une fille, la plus belle qu'on ait jamais vue. Les fées vinrent à sa naissance; mais elles dirent toutes à la reine que le mari de sa fille aurait onze bouches, ou que, si elle ne se mariait avant l'âge de vingt-deux ans, elle deviendrait crapaud. Cette prédiction troubla la reine. La fille avait à peine quinze ans, qu'il se présenta un homme qui avait les onze bouches et dix-huit pieds de haut; mais la princesse le trouva si hideux, qu'elle n'en voulut jamais. Cependant l'âge fatal approchait, et le roi, qui aimait mieux voir sa fille mariée à un monstre, que devenir crapaud, résolut de la donner à l'homme à onze bouches. La reine trouva l'alternative fâcheuse. Comme tout se préparait pour les noces, la reine se souvint d'une certaine fée qui avait été autrefois de ses amies; elle la fit venir, et lui demanda si elle ne pouvait les empêcher. « Je ne le puis, madame, lui répondit-elle, qu'en changeant votre fille en linotte. Vous l'aurez dans votre chambre; elle parlera toutes les nuits, et chantera toujours. » La reine y consentit. Aussitôt la princesse fut couverte de plumes fines, et s'envola chez le roi; de là elle revint à la reine, qui lui fit mille caresses. Cependant le roi fit chercher la princesse; on ne la trouva point. Toute la cour était en deuil. La reine faisait semblant de s'affliger comme les autres; mais elle avait toujours sa linotte; elle s'entretenait toutes les nuits avec elle. Un jour le roi lui demanda comment elle avait eu une linotte si spirituelle; elle lui répondit que c'était une fée de ses amies qui la lui avait donnée. Deux mois se passèrent tristement. Enfin le monstre, lassé d'attendre, dit au roi qu'il le mangerait avec toute sa cour, si dans huit jours il ne lui donnait la princesse ; car il était ogre. Cela inquiéta la reine, qui découvrit tout au roi. On envoya quérir la fée, qui rendit à la princesse sa première forme. Cependant il arriva un prince qui, outre sa bouche naturelle, en avait une au bout de chaque doigt de la main. Le roi aurait bien voulu lui donner sa fille ; mais il craignait le monstre. Le prince, qui était devenu amoureux de la princesse, résolut de se battre contre l'ogre. Le roi n'y consentit qu'avec beaucoup de peine. On prit le jour : lorsqu'il fut arrivé, les deux champions s'avancèrent dans le lieu du combat. Tout le monde faisait des vœux pour le prince ; mais, à voir le géant si terrible, on tremblait de peur pour le prince. Le monstre portait une masse de chêne, dont il déchargea un coup sur Aglaor; car c'était ainsi que se nommait le prince : mais Aglaor ayant évité le coup, lui coupa le jarret de son épée, et, l'ayant fait tomber, lui ôta la vie. Tout le monde cria victoire ; et le prince Aglaor épousa la princesse, avec d'autant plus de contentement, qu'il l'avait délivrée d'un rival aussi terrible qu'incommode.

XXXVI. VOYAGE SUPPOSÉ, EN 1690.

Il y a quelques années que nous fîmes un beau voyage, dont vous serez bien aise que je vous raconte le détail. Nous partîmes de Marseille[1] pour la Sicile[2], et nous résolûmes d'aller visiter l'Egypte[3]. Nous arrivâmes à Damiette, nous passâmes au Grand-Caire[4].

Après avoir vu les bords du Nil[5], en remontant vers

[1] *Marseille*, grande ville de France, célèbre par son port et son commerce. Elle est le chef-lieu du département des Bouches-du-Rhône.

[2] *Sicile*, voy. page 105, note 2.

[3] *Égypte*, contrée de l'Afrique, séparée de l'Asie par l'isthme de Suez.

[4] *Damiette* et le *Grand-Caire*, villes d'Égypte.

[5] *Nil*, voy. page 123, note 1.

le sud, nous nous engageâmes insensiblement à aller voir la mer Rouge[1]. Nous trouvâmes sur cette côte un vaisseau qui s'en allait dans certaines îles qu'on assurait être encore plus délicieuses que les îles Fortunées[2]. La curiosité de voir ces merveilles nous fit embarquer ; nous voguâmes pendant trente jours : enfin nous aperçûmes la terre de loin. A mesure que nous approchions, on sentait les parfums que ces îles répandaient dans toute la mer.

Quand nous abordâmes, nous reconnûmes que tous les arbres de ces îles étaient d'un bois odoriférant comme le cèdre. Ils étaient chargés en même temps de fruits délicieux et de fleurs d'une odeur exquise. La terre même, qui était noire, avait un goût de chocolat, et on en faisait des pastilles. Toutes les fontaines étaient de liqueurs glacées ; là, de l'eau de groseille ; ici, de l'eau de fleur d'orange ; ailleurs, des vins de toutes les façons. Il n'y avait aucune maison dans toutes ces îles, parce que l'air n'y était jamais ni froid ni chaud. Il y avait partout, sous les arbres, des lits de fleurs, où l'on se couchait mollement pour dormir ; pendant le sommeil, on avait toujours des songes de nouveaux plaisirs ; il sortait de la terre des vapeurs douces qui représentaient à l'imagination des objets encore plus enchantés que ceux qu'on voyait en veillant : ainsi on dormait moins pour le besoin que pour le plaisir. Tous les oiseaux de la campagne savaient la musique, et faisaient entre eux des concerts.

Les zéphyrs n'agitaient les feuilles des arbres qu'avec règle, pour faire une douce harmonie. Il y avait dans tout le pays beaucoup de cascades naturelles : toutes ces eaux, en tombant sur des rochers creux, faisaient un son

[1] *Mer Rouge*, golfe de la mer des Indes, qui sépare l'Égypte de l'Arabie. On sait combien la mer Rouge est célèbre dans l'histoire sainte.

[2] *Iles Fortunées*, aujourd'hui *Iles Canaries*. Elles sont situées à peu de distance de la côte occidentale d'Afrique et appartiennent à l'Espagne.

d'une mélodie semblable à celle des meilleurs instruments de musique. Il n'y avait aucun peintre dans tout le pays : mais quand on voulait avoir le portrait d'un ami, un beau paysage, ou un tableau qui représentât quelque autre objet, on mettait de l'eau dans de grands bassins d'or ou d'argent ; puis on opposait cette eau à l'objet qu'on voulait peindre. Bientôt l'eau, se congelant, devenait comme une glace de miroir, où l'image de cet objet demeurait ineffaçable, On l'emportait où l'on voulait, et c'était un tableau aussi fidèle que les plus polies glaces de miroir. Quoiqu'on n'eût aucun besoin de bâtiments, on ne laissait pas d'en faire, mais sans peine. Il y avait des montagnes dont la superficie était couverte de gazons toujours fleuris. Le dessous était d'un marbre plus solide que le nôtre, mais si tendre et si léger, qu'on le coupait comme du beurre, et qu'on le transportait cent fois plus facilement que du liége : ainsi on n'avait qu'à tailler avec un ciseau, dans les montagnes, des palais ou des temples de la plus magnifique architecture : puis deux enfants emportaient sans peine le palais dans la place où l'on voulait le mettre.

Les hommes un peu sobres ne se nourrissaient que d'odeurs exquises. Ceux qui voulaient une plus forte nourriture mangeaient de cette terre mise en pastilles de chocolat, et buvaient de ces liqueurs glacées qui coulaient des fontaines. Ceux qui commençaient à vieillir allaient se renfermer pendant huit jours dans une profonde caverne, où ils dormaient tout ce temps-là avec des songes agréables : il ne leur était permis d'apporter en ce lieu ténébreux aucune lumière. Au bout de huit jours, ils s'éveillaient avec une nouvelle vigueur; leurs cheveux redevenaient blonds ; leurs rides étaient effacées ; ils n'avaient plus de barbe : toutes les grâces de la plus tendre jeunesse revenaient en eux. En ce pays, tous les hommes avaient de l'esprit ; mais ils n'en faisaient aucun bon usage. Ils faisaient venir des esclaves des pays étrangers, et les faisaient penser pour eux ; car ils ne croyaient pas qu'il fût digne d'eux de prendre jamais la peine de penser eux-mêmes. Chacun voulait avoir des penseurs à gages, comme on a ici des porteurs de chaise pour s'épargner la peine de marcher.

Ces hommes, qui vivaient avec tant de délices et de magnificence, étaient fort sales : il n'y avait dans tout le pays rien de puant ni de malpropre que l'ordure de leur nez, et ils n'avaient point d'horreur de la manger. On ne trouvait ni politesse ni civilité parmi eux. Ils aimaient à être seuls ; ils avaient un air sauvage et farouche ; ils chantaient des chansons barbares qui n'avaient aucun sens. Ouvraient-ils la bouche, c'était pour dire *non* à tout ce qu'on leur proposait. Au lieu qu'en écrivant nous faisons nos lignes droites, ils faisaient les leurs en demi-cercle. Mais ce qui me surprit davantage, c'est qu'ils dansaient les pieds en dedans ; ils tiraient la langue ; ils faisaient des grimaces qu'on ne voit jamais en Europe, ni en Asie, ni même en Afrique, où il y a tant de monstres. Ils étaient froids, timides et honteux devant les étrangers, hardis et emportés contre ceux qui étaient dans leur familiarité.

Quoique le climat soit très-doux et le ciel très-constant en ce pays-là, l'humeur des hommes y est inconstante et rude. Voici un remède dont on se sert pour les adoucir. Il y a dans ces îles certains arbres qui portent un grand fruit d'une forme longue, qui pend du haut des branches. Quand ce fruit est cueilli, on en ôte tout ce qui est bon à manger, et qui est délicieux ; il reste une écorce dure, qui forme un grand creux, à peu près de la figure d'un luth. Cette écorce a de longs filaments durs et fermes, comme des cordes qui vont d'un bout à l'autre. Ces espèces de cordes, dès qu'on les touche un peu, rendent d'elles-mêmes tous les sons qu'on veut. On n'a qu'à prononcer le nom de l'air qu'on demande, ce nom, soufflé sur les cordes, leur imprime aussitôt cet air. Par cette harmonie, on adoucit un peu les esprits farouches et violents. Mais malgré les charmes de la musique, ils retombent toujours dans leur humeur sombre et incompatible.

Nous demandâmes soigneusement s'il n'y avait point dans le pays des lions, des ours, des tigres, des panthères; et je compris qu'il n'y avait dans ces charmantes îles rien de féroce que les hommes. Nous aurions passé volontiers notre vie dans une si heureuse terre; mais l'humeur insupportable de ses habitants nous fit renoncer à tant de délices. Il fallut, pour se délivrer d'eux, se rembarquer et retourner par la mer Rouge en Egypte, d'où nous retournâmes en Sicile en fort peu de jours; puis nous vînmes de Palerme[1] à Marseille avec un vent très-favorable.

Je ne vous raconte point ici beaucoup d'autres circonstances merveilleuses de la nature de ce pays, et des mœurs de ses habitants. Si vous en êtes curieux, il me sera facile de satisfaire votre curiosité.

Mais qu'en conclurez-vous? que ce n'est pas un beau ciel, une terre fertile et riante, ce qui amuse, ce qui flatte les sens, qui nous rendent bons et heureux. N'est-ce pas là, au contraire, ce qui nous amollit, ce qui nous dégrade, ce qui nous fait oublier que nous avons une âme raisonnable, et négliger le soin et la nécessité de vaincre nos inclinations perverses, et de travailler à devenir vertueux?

XXXVII. L'ANNEAU DE GYGÈS.

Pendant le règne du fameux Crésus[2], il y avait en Lydie[3] un jeune homme bien fait, plein d'esprit, très-vertueux, nommé Callimaque, de la race des anciens rois, et devenu si pauvre, qu'il fut réduit à se faire berger. Se promenant un jour sur des montagnes écartées, où il rêvait sur ses malheurs en menant son

[1] *Palerme*, capitale de la Sicile.

[2] *Crésus*, roi de Lydie, célèbre par ses richesses, qui sont passées en proverbe.

[3] *Lydie*, province de l'Asie Mineure.

troupeau, il s'assit au pied d'un arbre pour se délasser. Il aperçut auprès de lui une ouverture étroite dans un rocher. La curiosité l'engage à y entrer. Il trouve une caverne large et profonde. D'abord il ne voit goutte ; enfin ses yeux s'accoutument à l'obscurité. Il entrevoit dans une lueur sombre une urne d'or, sur laquelle ces mots étaient gravés : « *Ici tu trouveras l'anneau de Gygès*[1]. *O mortel, qui que tu sois, à qui les dieux destinent un si grand bien, montre-leur que tu n'es pas ingrat, et garde-toi d'envier jamais le bonheur d'aucun autre homme.*

Callimaque ouvre l'urne, trouve l'anneau, le prend, et dans le transport de sa joie, il laissa l'urne, quoiqu'il fût très-pauvre et qu'elle fût d'un grand prix. Il sort de la caverne, et se hâte d'éprouver l'anneau enchanté, dont il avait si souvent entendu parler dans son enfance. Il voit de loin le roi Crésus, qui passait pour aller de Sardes[2] dans une maison délicieuse sur les bords du Pactole[3]. D'abord il s'approche de quelques esclaves qui marchaient devant, et qui portaient des parfums pour les répandre sur les chemins où le roi devait passer. Il se mêle parmi eux après avoir tourné son anneau en dedans, et personne ne l'aperçoit. Il fait du bruit tout exprès en marchant ; il prononce même quelques paroles. Tous prêtèrent l'oreille ; tous furent étonnés d'entendre une voix, et de ne voir personne. Ils se disaient les uns aux autres : « Est-ce un songe, ou une vérité ? N'avez-vous pas cru entendre parler quelqu'un ? » Callimaque, ravi d'avoir fait cette expérience, quitte ces esclaves et s'approche du roi. Il était déjà tout auprès de lui sans être découvert ; il monte avec lui sur son char, qui était tout d'argent, orné d'une merveilleuse sculpture. La reine était au-

[1] *Gygès*, berger lydien, qui possédait, dit-on, un anneau au moyen duquel il avait la faculté de se rendre invisible.

[2] *Sardes*, capitale de l'ancien royaume de Lydie.

[3] *Pactole*, fleuve voisin de Sardes, et dont les eaux roulaient autrefois un sable d'or.

près de lui, et ils parlaient ensemble des plus grands secrets de l'État, que Crésus ne confiait qu'à la reine seule. Callimaque les entendit pendant tout le chemin.

On arrive dans cette maison, dont tous les murs étaient de jaspe [1]; le toit était de cuivre fin et brillant comme de l'or; les lits étaient d'argent, et tout le reste des meubles de même : tout était orné de diamants et de pierres précieuses. Tout le palais était sans cesse rempli des plus doux parfums; et, pour les rendre plus agréables, on en répandait de nouveaux à chaque heure du jour. Tout ce qui servait à la personne du roi était d'or. Quand il se promenait dans ses jardins, les jardiniers avaient l'art de faire naître les plus belles fleurs sous ses pas. Souvent on changeait, pour lui donner une agréable surprise, la décoration des jardins, comme on change une décoration de scène. On transportait promptement, par de grandes machines, les arbres avec leurs racines, et on en apportait d'autres tout entiers; en sorte que chaque matin le roi, en se levant, apercevait ses jardins entièrement renouvelés. Un jour, c'étaient des grenadiers, des oliviers, des myrtes, des orangers et une forêt de citronniers. Un autre jour, paraissait tout à coup un désert sablonneux avec des pins sauvages, de grands chênes, de vieux sapins qui paraissaient aussi vieux que la terre. Un autre jour, on voyait des gazons fleuris, des prés d'une herbe fine et naissante, tout émaillés de violettes, au travers desquels coulaient impétueusement de petits ruisseaux. Sur leurs rives étaient plantés de jeunes saules d'une tendre verdure, de hauts peupliers qui montaient jusqu'aux nues; des ormes touffus et des tilleuls odoriférants, plantés sans ordre, faisaient une agréable irrégularité. Puis tout à coup, le lendemain, tous ces petits canaux disparaissaient; on ne voyait plus qu'un canal de rivière, d'une eau pure et transparente. Ce fleuve était le Pactole, dont les eaux coulaient sur un sable doré. On voyait sur ce fleuve des vaisseaux avec des ra-

[1] *Jaspe*, voy. page 97, note 3.

meurs[1] vêtus des plus riches étoffes couvertes d'une broderie d'or. Les bancs des rameurs étaient d'ivoire; les rames, d'ébène; le bec des proues, d'argent; tous les cordages, de soie; les voiles, de pourpre; et les corps des vaisseaux, de bois odoriférants comme le cèdre. Tous les cordages étaient ornés de festons; tous les matelots étaient couronnés de fleurs. Il coulait quelquefois, dans l'endroit des jardins qui était sous les fenêtres de Crésus, un ruisseau d'essence[2], dont l'odeur exquise s'exhalait dans tout le palais. Crésus avait des lions, des tigres et des léopards, auxquels on avait limé les dents et les griffes, qui étaient attelés à de petits chars d'écaille de tortue[3], garnis d'argent. Ces animaux féroces étaient conduits par un frein d'or et par des rênes de soie. Ils servaient au roi et à toute la cour pour se promener dans les vastes routes d'une forêt, qui conservait sous ses rameaux impénétrables une éternelle nuit. Souvent on faisait aussi des courses avec ces chars le long du fleuve, dans une prairie unie comme un tapis vert. Ces fiers animaux couraient si légèrement, et avec tant de rapidité, qu'ils ne laissaient pas même sur l'herbe tendre la moins trace de leurs pas, ni des roues qu'ils traînaient après eux. Chaque jour on inventait de nouvelles espèces de courses, pour exercer la vigueur et l'adresse des jeunes gens. Crésus, à chaque nouveau jeu, attachait quelque grand prix pour le vainqueur. Aussi les jours coulaient dans les délices et parmi les plus agréables spectacles.

Callimaque résolut de surprendre tous les Lydiens par le moyen de son anneau. Plusieurs jeunes hommes de la plus haute naissance avaient couru devant

[1] *Rameurs.* Les vaisseaux avaient autrefois des rameurs comme en ont aujourd'hui les barques et les chaloupes.

[2] *Essence* de rose.

[3] Cette substance transparente que l'on appelle de l'*écaille*, et avec laquelle on fait des objets de toilette et de petits meubles fort gracieux, n'est autre chose que de l'écaille de tortue.

le roi, qui était descendu de son char dans la prairie pour les voir courir. Dans le moment où tous les prétendants eurent achevé leur course, et que Crésus examinait à qui le prix devait appartenir, Callimaque se met dans le char du roi. Il demeure invisible; il pousse les lions, le char vole. On eût cru que c'était celui d'Achille [1], traîné par des coursiers immortels, ou celui de Phébus [2] même, lorsque, après avoir parcouru la voûte immense des cieux, il précipite ses chevaux enflammés dans le sein des ondes. D'abord on crut que les lions, s'étant échappés, s'enfuyaient au hasard; mais bientôt on reconnut qu'ils étaient guidés avec beaucoup d'art, et que cette course surpasserait toutes les autres. Cependant le char paraissait vide, et tout le monde demeurait immobile d'étonnement. Enfin la course est achevée, et le prix remporté, sans qu'on puisse comprendre par qui. Les uns croient que c'est une divinité qui se joue des hommes; les autres assurent que c'est un homme nommé Orodes, venu de Perse [3], qui avait l'art des enchantements, qui évoquait les ombres des enfers, qui tenait dans ses mains toute la puissance d'Hécate [4], qui envoyait à son gré la Discorde et les Furies [5] dans l'âme de ses ennemis, qui faisait entendre, la nuit, les hurlements de Cerbère [6] et les gémissements profonds de l'Érèbe [7], enfin qui pouvait éclipser la lune et la faire descendre du

[1] *Achille*, héros célèbre dans l'histoire du siége de Troie, avait à son char deux chevaux que Neptune avait donnés à son père.

[2] *Phébus* était le dieu de la lumière, ou le soleil lui-même. On supposait qu'il éclairait le monde en parcourant, tous les jours, sur son char, les espaces célestes.

[3] *Perse*, contrée de l'Asie.

[4] *Hécate*, déesse que l'on invoquait dans les opérations magiques.

[5] *Discorde, Furies*, déesses infernales.

[6] *Cerbère*, chien à trois têtes, qui gardait l'entrée des enfers.

[7] *Erèbe*, fils du Chaos et de la Nuit, qui fut précipité

ciel sur la terre. Crésus crut qu'Orodes avait mené le char; il le fit appeler. On le trouva qui tenait dans son sein des serpents entortillés, et qui, prononçant entre ses dents des paroles inconnues et mystérieuses, conjurait les divinités infernales. Il n'en fallut pas davantage pour persuader qu'il était le vainqueur invisible de cette course. Il assura que non; mais le roi ne put le croire. Callimaque était ennemi d'Orodes, parce que celui-ci avait prédit à Crésus que ce jeune homme lui causerait un jour de grands embarras, et serait la cause de la ruine entière de son royaume. Cette prédiction avait obligé Crésus à tenir Callimaque loin du monde dans un désert et réduit à une grande pauvreté. Callimaque sentit le plaisir de la vengeance, et fut bien aise de voir l'embarras de son ennemi. Crésus pressa Orodes, et ne put pas l'obliger à dire qu'il avait couru pour le prix. Mais comme le roi le menaça de le punir, ses amis lui conseillèrent d'avouer la chose et de s'en faire honneur. Alors il passa d'une extrémité à l'autre; la vanité l'aveugla. Il se vanta d'avoir fait ce coup merveilleux par la vertu de ses enchantements. Mais, dans le moment où on lui parlait, on fut bien surpris de voir le même char recommencer la même course. Puis le roi entendit une voix qui lui disait à l'oreille : « Orodes se moque de toi; il se vante de ce qu'il n'a pas fait. » Le roi, irrité contre Orodes, le fit aussitôt charger de fers et jeter dans une profonde prison.

Callimaque, ayant senti le plaisir de contenter ses passions par le secours de son anneau, perdit peu à peu les sentiments de modération et de vertu qu'il avait eus dans sa solitude et dans ses malheurs. Il fut même tenté d'aller dans la chambre du roi, et de le tuer dans son lit. Mais on ne passe point tout d'un coup aux plus grands crimes; il eut horreur d'une action si noire, et ne put endurcir son cœur pour

dans les enfers. On le prend ordinairement pour les enfers mêmes.

l'exécuter. Mais il partit pour s'en aller en Perse trouver Cyrus[1]; il lui dit les secrets de Crésus qu'il avait entendus, et le dessein des Lydiens de faire une ligue contre les Perses avec les colonies grecques de toute la côte de l'Asie Mineure; en même temps il lui expliqua les préparatifs de Crésus et les moyens de le prévenir. Aussitôt Cyrus part de dessus les bords du Tigre[2], où il était campé avec une armée innombrable, et vient jusqu'au fleuve Halys[3], où Crésus se présenta à lui avec des troupes plus magnifiques que courageuses. Les Lydiens vivaient trop délicieusement pour ne craindre point la mort. Leurs habits étaient brodés d'or, et semblables à ceux des femmes les plus vaines; leurs armes étaient toutes dorées; ils étaient suivis d'un nombre prodigieux de chariots superbes; l'or, l'argent, les pierres précieuses éclataient partout dans leurs tentes, dans leurs vases, dans leurs meubles, et jusque sur leurs esclaves. Le faste et la mollesse de cette armée ne devaient faire attendre qu'imprudence et lâcheté, quoique les Lydiens fussent en beaucoup plus grand nombre que les Perses. Ceux-ci, au contraire, ne montraient que pauvreté et courage : ils étaient légèrement vêtus; ils vivaient de peu, se nourrissaient de racines et de légumes, ne buvaient que de l'eau, dormaient sur la terre, exposés aux injures de l'air, exerçaient sans cesse leurs corps pour les endurcir au travail; ils n'avaient pour tout ornement que le fer; leurs troupes étaient toutes hérissées de piques, de dards et d'épées : aussi n'avaient-ils que du mépris pour des ennemis noyés dans les délices. A peine la bataille mérita-t-elle le nom d'un combat. Les Lydiens ne purent soutenir le premier choc; ils se renversent

[1] *Cyrus*, roi des Mèdes et des Perses, qui vainquit Crésus et le détrôna.

[2] *Tigre*, fleuve d'Asie, qui, après s'être réuni à l'Euphrate, va se jeter dans le golfe Persique.

[3] *Halys*, fleuve d'Asie, qui coule au couchant du Tigre et va se jeter dans la mer Noire.

les uns sur les autres; les Perses ne font que tuer; ils nagent dans le sang. Crésus s'enfuit jusqu'à Sardes. Cyrus l'y poursuit sans perdre un moment. Le voilà assiégé dans sa ville capitale. Il succombe après un long siége; il est pris; on le mène au supplice. En cette extrémité, il prononce le nom de Solon [1]. Cyrus veut savoir ce qu'il dit. Il apprend que Crésus déplore son malheur de n'avoir pas cru ce Grec, qui lui avait donné de si sages conseils. Cyrus, touché de ces paroles, donne la vie à Crésus.

Alors Callimaque commença à se dégoûter de sa fortune. Cyrus l'avait mis au rang de ses satrapes [2], et lui avait donné d'assez grandes richesses. Un autre en eût été content; mais le Lydien, avec son anneau, se sentait en état de monter plus haut. Il ne pouvait souffrir de se voir borné à une position où il avait tant d'égaux et un maître. Il ne pouvait se résoudre à tuer Cyrus, qui lui avait fait tant de bien. Il avait même quelquefois du regret d'avoir renversé Crésus de son trône. Lorsqu'il l'avait vu conduit au supplice, il avait été saisi de douleur. Il ne pouvait plus demeurer dans un pays où il avait causé tant de maux, et où il ne pouvait rassasier son ambition. Il part; il cherche un pays inconnu; il traverse des terres immenses, éprouve partout l'effet magique et merveilleux de son anneau, élève à son gré et renverse les rois et les royaumes, amasse de grandes richesses, parvient au faîte des honneurs, et se trouve cependant toujours dévoré de désirs. Son talisman [3] lui procure tout, excepté la paix et le bonheur. C'est qu'on ne les trouve que dans soi-même, qu'ils sont indépendants de tous ces

1 *Solon*, législateur d'Athènes, et l'un des sept sages de la Grèce.

2 On appelait *satrapes*, chez les Perses, les gouverneurs de province.

3 On appelait *talisman* un bijou, une boîte, ou tout autre objet, auquel on supposait un pouvoir magique et merveilleux.

avantages extérieurs auxquels nous mettons tant de prix; et que, quand dans l'opulence et la grandeur on perd la simplicité, l'innocence et la modération, alors le cœur et la conscience, qui sont les vrais siéges du bonheur, deviennent la proie du trouble, de l'inquiétude, de la honte et du remords.

XXXVIII. LE RENARD PUNI DE SA CURIOSITÉ.

Un renard des montagnes d'Aragon, ayant vieilli dans la finesse, voulut donner ses derniers jours à la curiosité. Il prit le dessein d'aller voir en Castille le fameux Escurial, qui est le palais des rois d'Espagne, bâti par Philippe II. En arrivant il fut surpris, car il était peu accoutumé à la magnificence : jusqu'alors il n'avait vu que son terrier et le poulailler d'un fermier voisin, où il était d'ordinaire assez mal reçu. Il voit là des colonnes de marbre, là des portes d'or, des bas-reliefs de diamant. Il entra dans plusieurs chambres dont les tapisseries étaient admirables : on y voyait des chasses, des combats, des fables où les dieux se jouaient parmi les hommes; enfin l'histoire de don Quichotte, où Sancho, monté sur son grison, allait gouverner l'île que le duc lui avait confiée. Puis il aperçut des cages où l'on avait renfermé des lions et des léopards. Pendant que le renard regardait ces merveilles, deux chiens du palais l'étranglèrent. Il se trouva mal de sa curiosité.

XXXIX. LE PIGEON PUNI DE SON INQUIÉTUDE.

Deux pigeons vivaient ensemble dans un colombier avec une paix profonde. Ils fendaient l'air de leurs ailes, qui paraissaient immobiles par leur rapidité. Ils se jouaient en volant l'un auprès de l'autre, se fuyant et se poursuivant tour à tour; puis ils allaient chercher du grain dans l'aire du fermier ou dans les prairies voisines. Aussitôt ils allaient se désaltérer dans l'onde pure d'un ruisseau qui courait au travers de ces prés fleuris. De là ils revenaient voir leurs pénates [1] dans le colombier blanchi et plein de petits trous : ils y passaient le temps dans une douce société avec leurs fidèles compagnes. Leurs cœurs étaient tendres, le plumage de leurs cous était changeant, et peint d'un plus grand nombre de couleurs que l'inconstante Iris. On entendait le doux murmure de ces heureux pigeons, et leur vie était délicieuse. L'un d'eux, se dégoûtant des plaisirs d'une vie paisible, se laissa séduire par une folle ambition. et livra son esprit aux projets de la politique. Le voilà qui abandonne son ancien ami; il part, il va du côté du Levant. Il passe au-dessus de la mer Méditerranée, et vogue avec ses ailes dans les airs, comme un navire avec ses voiles dans les ondes de Téthys. Il arrive à Alexandrette; de là il continue son chemin, traversant les terres jusques à Alep. En y arrivant, il salue les autres pigeons de la contrée, qui servent de courriers réglés, et il envie leur bonheur. Aussitôt il se répand parmi eux un bruit, qu'il est venu un étranger de leur nation, qui a traversé des pays immenses. Il est mis au rang des courriers : il porte toutes les semaines les lettres d'un bacha, attachées à son pied, et il fait vingt-huit lieues en moins d'une journée. Il est orgueilleux de porter les secrets de l'État, et il a pitié de son ancien compagnon, qui vit sans gloire dans les trous de son colombier. Mais un jour, comme il portait des lettres du bacha, soupçonné d'infidélité par le Grand Seigneur, on voulut découvrir, par les lettres de ce bacha, s'il n'avait point quelque intelligence secrète avec les officiers du

[1] Dieux protecteurs de la maison, chez les Romains. *Pénatès* se dit pour signifier la maison même.

roi de Perse : une flèche tirée perce le pauvre pigeon, qui d'une aile traînante se soutient encore un peu, pendant que son sang coule. Enfin il tombe, et les ténèbres de la mort couvrent déjà ses yeux : pendant qu'on lui ôte les lettres pour les lire, il expire plein de douleur, condamnant sa vaine ambition, et regrettant le doux repos de son colombier, où il pouvait vivre en sûreté avec son ami.

FIN DES FABLES FRANÇAISES.

FABLES LATINES.

AVERTISSEMENT.

« Fénelon ne croyait pas déroger à l'élévation de son génie et de « sa place de précepteur des Enfants de France, en composant lui- « même les thèmes et les versions de son élève..... On aime à voir « l'auteur de *Télémaque* écrire des thèmes et des versions pour un « enfant de neuf ans, avec la même plume qui lui traça, quelques « années après, le modèle du gouvernement le plus favorable au « bonheur des peuples. On peut y observer que Fénelon s'expri- « mait en latin avec la même élégance et la même facilité qu'en « français. Toutes les langues recevaient naturellement l'empreinte « de la sensibilité de son âme, ainsi que la fraîcheur et l'éclat de « son imagination »

(De Bausset, *Histoire de Fénelon*, liv. i.)

Nous avons pensé qu'on trouverait avec plaisir ces fables latines à la suite des fables françaises, car si, en raison de ce que le livre sera entre les mains des élèves, on ne peut guère les donner comme sujets de thèmes, il sera toujours facile à MM. les professeurs de les donner au moins en versions.

FABLES LATINES.

I. MERCURII CUM ÆSOPO COLLOQUIUM.

Æsopus ille qui carmine bestias vocales fecit, et quem vicissim bestiæ vocales immortalem fecere; is, inquam, ille Æsopus jamjam luce iterum donandus, valde sibi metuebat, ne bestiis, quas cecinerat, ipse adscriberetur. Tum Mercurius, pileo alato, talaribus aureis et potenti virgâ insignis: «Parce metu, inquit subridens, neque servitutis asperæ memineris ultra: tua te manent omnia: ingenium acre, pectus virtutis amans, anima candida, splendidi mores, sales, joci, veneres, lepores, artes, et gratia sermonum vivax. Id unum tibi pervincendum æquo animo, ut gibbosus iterum fias: hoc naturæ vitium, ne tibi sit tædio, fata amica abunde compensant. Rex invictus eris, belli fulmen, pacis decus, hominum deliciæ, præsidium et grande columen; a Gadibus ad Seras usque laus tua inclarescet: bene ferre magnam disce fortunam. — Apage, retulit Æsopus, apage tot tantaque deorum munera, si vertantur mihi ludibrio. Victori regi ponenda in foro statua monumentum foret æque perenne ac ridiculum. O indignum virtutis heroicæ præmium, gibbus æneus! Quanto tolerabilius, vile mancipium, inclementis heri, et sponsæ rixosæ jugum denuo perferam!»

II. MULIERIS CUJUSDAM CUM FATO COLLOQUIUM.

«Sine te exorem, Fato inquiebat mulier quædam prolis cupida. Natos, dulces natos, thalami sancti præmia ne deneges. — Quinquaginta liberi, reposuit Fatum, te manent.—At illa: Hui! tot educandis impar sum.—Sex tantum habeto : verum tres stultos et vecordes perferas æquo animo. — Atqui strenuos et industrios ut des, jubeo. — Si strenui et industrii, subdolos igitur et improbos habeas necesse est. — Proh scelus ! impios et perditissimos, cruci devovendos, domi alerem ! Apage istæc omnia. — Diversa igitur tibi obtingant : sex nati præstanti corpore, acri ingenio, anima candida, ad unguem facti te senio confectam oblectent ; verum immatura morte peremptos compones. — O me miseram, et Hecuba ipsa miserabiliorem ! — O morosa et pervicax mulier ! Omnia respuis : nunquam parias longe satius est. Fatum ipsum omnipotens sortem quæ tuum animum expleat parere nequit.

III. CARRUCA ET MUSCA [1].

Clivoso in itinere, arenis resperso, atque salebroso, undique soli ferventi objecto, sex equi acres carrucam trahebant. Mulieres, monachi, senes descenderant. Exsudant, anhelant, fatiscunt equi. Advolat musca, bombo sperans equos concitare. Hunc, illum pungit, creditque machinam ingentem suis impelli viribus. Medio in temone, aurigæ naso insidet. Dum carrucam incedentem, viatoresque sequentes spectat, id sibi laudi apponit. Ergo it, redit, ardelionum more. Crederes tribunum militum, qui huc illuc agit singulos ordines in prælium, et victoriam maturat. Musca queritur se unam communi negotio operam dare ; præter se neminem stimulare equos ad iniquum superandum iter. Monachus officium recitabat, alieniore quidem tempore. Mulier canebat ; scilicet is erat cantilenis locus ! Sic murmurabat singulorum auribus inepta musca. Carruca tandem, multis exhaustis laboribus, clivum superat. Continuo musca : « Nunc, ait, reficiamus halitum ; mea industria deveni-

[1] *La Fontaine*, liv. VII, fab. IX.

mus in hanc planitiem. O equi, referte gratiam; solvite præmium. »

Ita complures affectant anxium vitæ genus, ac negotiis sese obtrudunt; ubique, ut necessarii, accersiri volunt. Quanto satius arcendi forent!

IV. MULIER ET VAS LACTEUM [1].

Tenui cum culcita capiti impositum vas fictile lacte plenum Petronilla urbem deferebat, sperans se facturam iter absque ullo casu. Levis et alte succincta properabat, una tantum induta veste, calceisque humilibus sibi aptatis. Rustica sic præcincta jam secum cogitabat lactis pretium: pecuniam locatam, centum ova emenda, triplicemque gallinam incubantem ovis. Sua industria rem facere proxime certa erat. « Facile est, inquit, in propatulo domus enutrire pullos gallinaceos; nec vulpes dolosa ita depopulabitur, ut pretio pullorum porcum alere nequeam; furfuris paululum porcum saginabit. Atqui jam adultus et pinguis erat, quando illum emi. Pro mercando redibunt nummi. Quid obstat quominus nostra in stabula deducam bovem fetam cum vitulo? nec enim hos pluris faciunt. Eum exsultim ludentem spectabo. » Ipsa Petronilla ludibunda exsultat: continuo lac effunditur; simul evanescunt vitulus, juvenca, sus, pulli. Misera mœstis oculis spectans gazam disperditam, ne det pœnas culpæ, excusationibus sponsum exorare nititur.

Hinc fabula ab histrionibus acta in theatris, cui nomen *Vas lacteum*. Quis mente non aberrat? Quis chimæras non sibi fingit? Picrocholus, Pyrrhus, rustica nostra, denique omnes, cordati et insani, promiscue vigilando somniant. Nil dulcius quidquam; gratum delisium animam rapit. Tum omnia nostra, dignitates summæ, venustæque mulieres. Ubi solus otior, fortis-

[1] *La Fontaine*, liv. VII, fab. X.

simios ad pugnam provoco. Aberrare libet: regem Persarum disturbo e solio; rex ipse deligor carus populis; diademata meo capiti accumulantur. Si vero, nescio quo casu, ad me ipsum redire cogar, uti antea Joannes servulus resto.

V. MUS URBANUS ET MUS RUSTICUS [1].

Mus urbanus rusticum murem ad epularum reliquias edendas officiose olim invitavit. Pro mensâ invenit tapetem stratum. Conjice quantum una græcati sunt. Splendidum fuit convivium : at dum incumbunt dapibus, molestus ad fores strepitus omnia perturbat. Aufugit urbanus; rusticus sequitur. Cessante tumultu, redit uterque. Tum ubanus: « Assa exedere nunc licet. —Jam satis est, inquit rusticus. Cras pauperem cavum subeas velim. Regios non affecto apparatus; sed vacat animus, et liber metu comedo. Voluptates metui obnoxias fastidio. Vale. »

VI. MUS EREMITA [2].

Orientalium historia narrat quemdam murem, civilibus curis defessum, procul a tumultu in cavum casei hollandici secessisse. Late silebat regio deserta. Novus eremita hinc inde grassans facilem victum comparabat. Dente ac pede potitus est cibis tectoque. Quid ultra opus est? Pinguescit brevi. Deus sibi devotis bona largitur quamplurima. Aliquando legati murinæ gentis adierunt pium eximiumque fratrem, ut saltem vel exiguam eleemosynam erogaret. Peregre profecti erant ad regiones longinquas, adversus felinum genus opem oraturi. Namque Ratopolis urgebatur ab hoste, libero commeatu ca-

[1] *La Fontaine*, liv. I, fab. IX.
[2] *La Fontaine*, liv. VII, fab. III.

rens. Absque viatico proficisci coacti fuerant, præ summa reipublicæ profligatæ inopia. Modico contenti fuissent auxilio ; certum enim erat subsidium intra quatuor aut ad summum quinque dies adventurum. « O amici, inquit severus eremita, quid me tangunt hujus mundi curæ? Quid vestræ calamitati opitulari potest solitarius? Unis precibus numinis opem vobis demereri jam mihi superest : vobis affuturum spero. » Hic dictis, januam clausit.

Hoc mure immisericorde quemnam putas me designasse? Monachum? Minime ; at dervidem. Monachum semper fratribus beneficum, et caritate promptum pie credo.

VII. RODILARDUS [1].

Felis, nomine Rodilardus, tantam murium stragem fecit, ut genus deficere jam videretur. Rari superstites, e cavis prodire nusquam ausi, fame conficiebantur. Rodilardus vero miseris habebatur non felis, sed furia. Dum aliquando procul et summis in tectis domus ipse feminam peteret, habuere comitia sua mures, ut rebus afflictis consulerent. Senior gravis et peritus censuit quamprimum alligandum esse tintinnabulum collo Rodilardi. Sic, quoties moveret bellum, ipsos rei gnaros se recepturos in latebras : hoc unum se nosse perfugium tantis in angustiis. Huic sententiæ omnes accedunt plauduntque : nil utilius visum est. At tintinnabulum alligare, hoc opus, hic labor est. « Absit ut demens id audeam, inquit unus et alter ; alio mihi eundum est. » Sic, rebus infectis, solvuntur comitia.

Heu! quot vidi collegia, non murium quidem, sed monachorum, sed clericorum, quæ sic incassum habentur! Senatoribus abundat curia, si deliberatione; si facto opus est, cuncti aufugiunt.

[1] *La Fontaine,* liv. II, fab. II.

VIII. LUPUS ET VULPES [1].

Lupus vulpem famosam furti accusabat. Simia delectus judex. Quisque pro se dixit : nec memoriæ hominum proditum unquam fuit Themidem causam magis intricatam præ manibus habuisse. Pro tribunali sedens judex insudabat operi. Postquam altercati sunt vehementius, discussâ lite, judex ait : « Novi vos jamdudum. Uterque mulctabitur, nec immerito : namque tu, lupe, de ficto damno quereris ; tu, vulpes, veri argueris damni. » Sic judex non timuit jura violare, absque formulis plectendo scelestos.

IN FONTANI MORTEM.

Heu ! fuit vir ille facetus, Æsopus alter, nugarum laude Phædro superior, per quem brutæ animantes, vocales factæ, humanum genus edocuere sapientiam. Heu ! Fontanus interiit. Proh dolor ! interiere simul Joci dicaces, lascivi Risus, Gratiæ decentes, doctæ Camœnæ. Lugete, o quibus cordi est ingenuus lepos, natura nuda et simplex, incompta et sine fuco elegantia ! Illi, illi uni per omnes doctos licuit esse negligentem. Politiori stylo quantum præstitit aurea negligentia ! Tam caro capiti quantum debetur desiderium ! Lugete, Musarum alumni. Vivunt tamen, æternumque vivent carmini jocoso commissæ veneres, dulces nugæ, sales attici, suadela blanda atque parabilis ; neque Fontanum recentioribus, juxta temporum seriem, sed antiquis, ob amœnitates ingenii, adscribimus. Tu vero, Lector, si fidem deneges, codicem aperi. Quid sentis ? Ludit Anacreon. Sive vacuus, sive quid uritur Flaccus, hic fidibus canit. Mores hominum atque ingenia fabulis Terentius ad vivum de-

[1] *La Fontaine*, liv. II, fab. III.

pingit. Maronis molle et facetum spirat hoc in opusculo. Heu! quandonam mercuriales viri quadrupedum facundiam æquiparabunt?

FENELONII AD SERENISSIMUM BURGUNDIÆ DUCEM EPISTOLA.

Quam eleganter latine scriptites, dulcissime princeps, a Floro nostro [1], teste locuplete, mihi renuntiatum est. Nihil mihi sane jucundius unquam hoc nuntio fuit : cui quidem eo lubentius fidem adhibui, quod pergratum mihi fuerit ac verisimile. Totis oculis, toto pectore hausi, quod animum tuæ laudis cupidum explet. Quare age, o amantissime Musarum alumne; macte virtute; Parnassi juga conscende : tibi Phœbi chorus omnis assurget. Antequam aulæ repetendæ mihi sit copia, te grammaticæ ambagibus ac spinis extricatum vellem; eo collineant vota omnia. Interim litterario munusculo te donem sinas : dialogus est Francisci Primi et Caroli Quinti: quem si perlegere te non tædet, non insulsum intellexero. Redde, quæso, vices. Quantulacunque charta, quæ Terentii sales, Ciceronis facetum dicendi genus sapiat, me totumque Belgium incredibili voluptate afficiet. Vale.

1 L'abbé Fleury, sous-précepteur du duc de Bourgogne

TABLE ALPHABÉTIQUE.

FABLES LATINES.

FIN.

ARITHMETIQUE ELEMENTAIRE, théorique et pratique, à l'usage des classes élémentaires des colléges, des écoles primaires, etc.; par M. Dumouchel, inspecteur-adjoint de l'instruction primaire du département de la Seine. 1 vol. in-18, cart. Prix, » f. 75 c.

Ouvrage autorisé par le Conseil royal de l'Instruction publique.

ARITHMETIQUE (petite) pratique, à l'usage des écoles primaires ; par le même :

1re partie : numération, in-18, br. Prix, » f. 10 c.

2e id. addition, soustraction, multiplication et division, in-18, br. Prix, » f. 15 c.

LEÇONS ET EXERCICES sur les poids et mesures métriques, avec un questionnaire sur chaque leçon, précédées d'une instruction sur le *calcul des décimales*; par M. Sardou, 1 vol. in-18. broché. Prix, » f. 30 c.

Ouvrage autorisé par le Conseil royal de l'Instruction publique.

METHODE COMPLETE D'ECRITURE en 12 planches (demi-Jésus), de 6 modèles chacune, contenant les cinq genres d'écriture; précédée de préceptes généraux sur la véritable manière d'enseigner promptement à écrire, des principes raisonnés particuliers à chaque genre d'écriture, etc. etc., par *Régnier* jeune, professeur d'écriture à l'école spéciale de commerce dirigée par M. Blanqui, au collége Sainte-Barbe, et dans plusieurs autres établissements de Paris; gravée par feu Davignon. 1 beau vol. oblong, broché. Prix, 3 f.

Ouvrage autorisé par le Conseil royal de l'Instruction publique.

TRAITE ELEMENTAIRE de TENUE DES LIVRES en *parties simples et en parties doubles*, précédé de différents modèles de billets à ordre, de lettres de change, de factures, de lettres de voitures, de bordereaux d'escompte, etc., suivi d'une Instruction sur la rédaction des comptes d'intérêts, de l'application du système des parties doubles aux écritures d'une exploitation agricole, et d'un vocabulaire des termes de commerce, par L. Chevallier, 1 vol. in-18, br. Prix, 1 f.

Ouvrage autorisé par le Conseil royal de l'Instruction publique, et couronné par la Société pour l'Instruction élémentaire.

PHYSIQUE ELEMENTAIRE, ou exposé méthodique des phénomènes les plus intéressants de la physique et de la météorologie, avec l'explication de leurs causes et de leurs lois, mise à la portée des personnes étrangères aux études mathématiques, et facilitée par des dessins pittoresques accompagnant le texte; par M. Desdouits, ex-professeur de physique au collége Stanislas, à Paris, 3 forts vol. in-18, br. Prix, 4 f. 50 c.

Imprimerie de Ducessois, 55, quai des Augustins.

www.ingramcontent.com/pod-product-compliance
Ingram Content Group UK Ltd.
Pitfield, Milton Keynes, MK11 3LW, UK
UKHW021106290826
14628UKWH00014B/777

9 782019 209100